「そんなに切ないのか。愛らしい。
お前のその悩ましい表情を見ていると、もっと可愛がってやりたくなる」（本文より抜粋）

DARIA BUNKO

俺サマ白狐のお気に入り♥

高月まつり

ILLUSTRATION 明神 翼

ILLUSTRATION
明神 翼

CONTENTS

俺サマ白狐のお気に入り♥ 9

あとがき 218

俺サマ白狐のお気に入り♥

神様仏様が好む場所がある。

大体それは社であり寺なのだが、他にもいくつか存在する。

美しくて、清々しくて、心地よい。

川であったり湖であったり、山であったり道であったり。

それらの場所を繋ぐ道は、土地の奥深くに存在し、龍脈、水脈、霊脈と呼ばれることもある。

市井には、神様仏様に人外たちが居座りたい「気持ちのいい場所」があって、そういう場所は人間にとっても気持ちのいい場所だったりする。

そういった場所は、人間に富をもたらす。幸福をもたらす。

そして世の中、善男善女ばかりではなく、そういった「よい場所」を独占したい輩も少なからず存在した。

「ほほう。ここはなんというか……素晴らしいな。ようやく見つけた……と言おうか」

春真っ盛りの、深夜の満月を背にして、ひとつの「神格」が感想を漏らした。

月光に照らされた白銀の長い髪は、螺鈿細工を施した髪飾りのように美しく反射している。

狩衣から草履に至るまで純白で目映い。

それは、雑居ビルの屋上に設置された古ぼけたフェンスに、軽々と足をかけてあたりを見下ろした。

「素晴らしい。心地よい。まさに、俺たちが住まうに相応しい場所だ」

彼は元気よく飛び跳ねる子狐を小脇に抱えて、嬉しそうに目を細めた。

商店街にあるわけでもなく、目立つ大通り沿いにあるわけでもないが、御倉食堂はいつも大勢の客で賑わった。

「花見の季節には違いないけど、ずいぶんと客が入ったもんだ」

厨房で腕を振るい続けていた陽子は、腰を右手の拳で軽く叩いてから、ぐっと伸びをした。

「だからそろそろ、厨房の仕事は全部俺に譲れっての、ばーちゃん」

啓介は、カウンターから身を乗り出して、厨房にいる祖母に笑いかける。

百七十八センチの身長、短髪にバンダナ、長袖シャツの袖を捲り上げた上に「御倉」と染め抜かれたエプロンを身に着けた姿は、食堂よりもラーメン屋の店員に見えるが、気にしない。

目つきは悪いが笑顔でカバー……をしていたら常連客に「啓介君はいつも通りでいいよ」と何度も言われたので、最近は「真面目」を前面に出して接客している。

高校を卒業して調理師学校に進学し、無事卒業してから実家の「御倉食堂」に就職した。今年で二十二歳になる。

「何言ってんの！　まだまだ孫にはこの場所は渡さないよ。お前がこっちに入るのは、昼間のかき入れ時だけだ」

「そろそろ、夜も入れてくれてもいいんじゃねえ？　肉料理は俺の作ったメニューが多いし」

啓介は唇を尖(とが)らせて、店内に貼(は)られた一品料理の札に視線を向けた。

夜の定食とアルコール類の間に、一品料理の札が貼られている。

マグロのカマ焼き、鯖(さば)の味噌煮、あじフライ……などの魚料理の次に、数点の肉料理があって、それはすべて啓介のメニューとなっている。

「だめだめ。煮物が上手く作れるようにならなきゃ！　この間、常連さんから貰(もら)った筍(たけのこ)を一本、だめにしたのは誰だっけ？」

「啓介さんがアク取りの段階で台無しにした一本ですよね。三本貰っていてよかったですよね、陽子さん」

横から口を出したのはバイトの高原倫弥(たかはらりんや)で、彼は大学に入学した十八歳の時から御倉食堂で働き、今年の夏に二十歳を迎える。

物腰柔らかな好青年で、客からの評判もいい。

「頼むから忘れてくれ。俺にとって消し去りたい過去だ……」

啓介は真顔で高原を見つめ、両手を合わせてそう言った。

そのとき。

からからと御倉食堂の引き戸を開ける音がした。

あと数分で十四時半。昼間の営業が終わるというその時間。

「もう終わりだったか？　混雑を避けてきたんだが」

一人の青年が店に入ってきた。

暖簾をくぐると言うよりも、引き戸の枠に頭をぶつけないように背を丸める姿を見て、啓介は「こいつ、デカい」と驚く。

よく見ると目線も上だったので、確実に啓介よりも背が高いことが分かった。

バイトの高原や友人たちも自分と同じくらいの身長で、それに見慣れていた啓介は、背の高い見知らぬ男を見て「近所にいたか？　一体どこから来た奴だ？」と訝しんだ。

「注文しても構わないだろうか」

白銀の髪の男が、少し困ったように微笑む。

ただの微笑みじゃない。とんでもなく綺麗な人間の微笑みだ。

ずっと身長にばかり目が行っていた啓介は、改めて彼の美しさにぽかんと口を開ける。

バイトの高原は「いらっしゃいませ」と言うのを忘れ、「マジかよ、え？　まじ？」と変なことを呟いた。

店内が一気に目映く光ったような気がした。

彼の肩までの髪が揺れるたび、キラキラと綺麗な石が零れ落ちそうな気がする。カーディガンにシャツ、綿のパンツという春らしい恰好をして、立っているだけなのに。

何を少女趣味的なことを言っているのだと、心の中で自分に突っ込みを入れてしまいたくなるほど、彼はとにかく、美しかった。

そんな中、声を上げたのは陽子だった。

「いらっしゃい！　店はまだやっているよ。好きな物を注文してくださいな！　そっちの、小さな子なら、ハンバーグがいいかもしれないね」

「では、子供にはお勧めをいくつか頼む」

男は傍らの子供を一番近くのテーブル席に座らせ、自分はその横に腰を下ろす。

我に返った啓介は二人分のお冷やを用意し、彼らの前に置いた。

年の離れた兄弟だろうか、子供もとても美しく、白銀の髪を持っている。彼もまた、カーディガンにシャツ、半ズボンという春の装いだ。

まつげは限りなく透明に近い白で、カールしたテグスが張り付いているようだ。

ヤバイ。

啓介は心の中で呟いた。

創作意欲が湧く客だ。フルーツたっぷりの、とってもラブリーなスイーツが似合いそうだ。

ヤバすぎる。見ない顔だから引っ越ししてきたのかな。うちの店に通ってくれないかな。

妄想はどんどん膨らんでいくが、高原が「創作意欲が湧きますね」と言ったのを聞いて我に返った。

啓介はスイーツ作りが趣味だが、高原は自費出版が趣味らしく、毎日なにかしら閃いている。

「インスピレーションの塊みたいな人間っているんだな」

「ええまあ、そうですよね。啓介さんも、ドキドキしました？」

「した。すげえ。マジでスイーツ作りたい」

真顔で「スイーツ」と言ったら、「その顔怖いですから、勘弁して」と笑われた。

「ほら、まずは鯖の味噌煮定食。僕はハンバーグができるまで、これを食べておいてね、海老フライを載せたカレーだよ」

祖母が差し出したのは小さな皿の可愛いカレー。ご丁寧に、海老には国旗が刺さっていた。

子供には少し量が多いんじゃないかと思いながらも、啓介がそれらを運んでいくと、まず子供の目が輝いた。

「ち、父上……なんと素晴らしいのでしょう。これが食べものですか！」

ずいぶんと時代がかっているが、きっと何かにハマっているのだ。小さな子供によくある現象だ。食堂にもよく親子連れが来るので分かる。

啓介の後ろで、高原が「親子かー」と小さな声を出したのが聞こえた。

「行儀よく食べなさい」

「は、はいっ！」

　年の離れた兄弟ではなく若い親子か。

　これは絶対に何か、わけがある。わけあり美形親子。だがしかし、プライベートには突っ込まない。とっても気になるが、突っ込んではいけないし、そんな権利もない。ここは御倉食堂。客が食事をする場所だ。

「あぁところで、この土地の主は誰かな？　俺はその主と話をしたいんだが」

「……はい？」

　綺麗な男が、そう言ってから鯖の味噌煮定食を頬張る。そうか、頬に米粒を付けるほど旨いか。それはなによりだ。

　だが、今の台詞（せりふ）は不穏だな。

　祖母と二人でこの店を守ってきた。

　今まで数え切れないほど、「土地を譲ってくれないか」と言われた。それを断った途端に、嫌がらせを受けてきた。

　それでも頑張ってこの店を切り盛りして来た。

「あんた、何者だ？　どこかの会社の人間か？　ここは売らない。立ち退（の）いたりしない。御倉家が代々守ってきた土地だ。ご先祖様の『大事な場所だから守るように』という遺言を受け継いで今に至る。だから……」

「金の話ではない。……この鯖は最高に旨かった！　……ではなく、俺は、ここに社を立て、お前たちに神職を授けたいと思っている」

目の保養で超美形。インスピレーションが湧きまくる……と思ってたのに！　頭の中がとっても残念な美形だったなんて！　なんて残念なんだ！

啓介は彼の前で大きなため息をつき、「勿体なさすぎる……」と言った。

「何が勿体ないだと？　無礼な奴だな貴様。人間の分際で何を言うか」

「あんたも人間じゃないですか」

「俺と人間とでは力の差がありすぎるから、こうして語りかけてやって穏便にことを進ませようとしているのに、俺の親切は空回りか。まったく、これだから人間は」

青年が呆れ顔をする横で、子供が「父上、かれーはとても美味です！」と空の皿をみんなに見せた。

可愛い。「よかったな？」と頭を撫でてあげたい気持ちになるが、今はそれどころではない。

啓介は腕を組み、目の前の美形を睨んだ。

「飯代はタダにしてやるから、さっさと出て行け。二度と来るな」

「タダもなにも、最初から払う気などない」

「子連れで無銭飲食かよ！　図々しい奴だなっ！」

「旨かったぞ」

「だから！　そういう問題じゃない！　金払え！」

「なんだお前。さっきと言うことが逆だぞ？」

「お前じゃない！　俺は御倉啓介！　この店の主だ！」

腕を組んだまま偉そうに言う啓介に、厨房から祖母が「お前はまだ主じゃないでしょうが！」と突っ込みを入れてくる。

彼女は孫と客の会話に参加するよりも、ハンバーグを作ることの方が大事なようだ。

「ほほう。名乗ったか啓介。ならば俺も名乗ろう。俺は名で縛られることはない。我が名は雷火という。この子は俺の子で火嵐だ。愛らしいだろう。将来的には俺ほどの美形に成長するだろう。もっとも、一番光り輝いて美しいのは俺に変わりないが」

雷火と名乗った青年は、静かに箸を置いて名乗り返した。

心なしか踏ん反り返っているように見えるが、多分それは啓介の気のせいではない。

「……変わった名前だな」

確かに変わっているが、でも、彼らの容姿によく似合うとも思った。

そこへ、また新たな来客が引き戸を開ける。

「こんにちは～。美味しい大福を戴いたからお裾分けにきたわ……って、あらあら、取り込み中？」

春らしい桃色の訪問着に、少しばかり派手な帯を合わせた、中年の大層美しい女性が、右手に小さな袋を持って店内に入ってきた。

常連のウカノさんだ。

彼女は近所に住んでいる料理研究家で、「このお店が落ち着くのよ」と言ってはちょくちょく通ってくれる。

聞き上手な上に料理研究家として「先生」と呼ばれているからか、他の常連客の悩み相談をしていたりもする人だ。なにより、彼女の周りは、なんというか……とにかくずっと傍にいたいと思わせる、清々しくも穏やかな空気が存在した。

「おやまあ、懐かしい……」

彼女はなんと、雷火にヒラヒラと手を振る。

「ご無沙汰している。妙に明るい道筋ができているとは思っていたが、まさかあなたがここにいたとは」

雷火は険しい表情で、ウカノさんを見た。

「え？　知りあい？　二人とも知りあい？　ウカノさん、この図々しい男が何者か知ってるんですか？　どこかの不動産屋か妙な団体の手先かと思ったんだけど、なんか違うみたいで」

啓介は雷火を指さして「無銭飲食する気なんですよ」と言った。

「あらあら、それはとてもいけない行動です。なんということでしょうか、雷火。火嵐に悪い影響を及ぼします。火嵐が不良になってしまったら、親としてどう責任を取るつもりですか？　そもそもあなた、一銭も持っていないなんて嘘でしょう？　嘘をついてはいけません」

笑顔のウカノさんは、のんびりとした口調で雷火を追い詰める。

「俺の子が悪い道に走るわけがない。俺の子だからな！　あなたは沈黙してくれないか。俺は今、大事な話をしているところだ」

雷火は面倒臭そうにウカノさんから視線を逸らす。

「どんな大事な話だよ。この土地は、俺の目が黒いうちは絶対に売らない。さっきも言ったろう？　先祖代々の遺言だ」

「死者の言葉など放っておけ。とにかく俺はここに社を建てる」

宣言した雷火に、ウカノさんが「それは困るわ」とのんびり言った。

常連のウカノさんが味方についてくれたのが嬉しくて、啓介は雷火を睨んで「寝言は寝て言え」と言い返す。

「……人間め！　なんだその言いぐさはっ！　不敬にも程がある！」

雷火はテーブルを両手でバンバン叩きながら反論した。

そこに、陽子が可愛いハンバーグプレートを持ってやってくる。

彼女は火嵐の前に出来たてのハンバーグプレートを置くと、「熱いから気を付けなさい」と言った。

「ばーちゃんっ！　マイペースすぎっ！」

「何を言ってんのよ。お前が騒ぎすぎ。腹が減っていると喧嘩腰にもなる。まずは食事だよ。そしてウカノさんと私は美味しい大福をお供にお茶を飲みましょう」

陽子は笑顔で、ウカノさんに隣のテーブル席を勧める。

「アー……そうですね。昼ご飯を食べてからでいいんじゃないですか？　俺、表の暖簾を降ろしてきます～」

高原がそう言って、手に持っていた盆と手ふきを端のテーブルに置き、引き戸を開けて外に出た。

「飯って……？　俺だけ怒って馬鹿みたいじゃないか。くっそ！　飯食うよ飯！」

どうしてみんな、こんなに暢気なんだ？　しかも、意味不明の単語を会話の端々に入れてくるし。

啓介は心の中で悪態をつきながら、厨房へ移動する。

味噌汁と炊いた飯はいっぱいある。まかないに使えるハンパ食材も揃っている。啓介は、自分と高原の分のまかない飯を作るために、まずは丁寧に手を洗った。

「豚のバラ肉とナスで味噌炒めを作って……残ってる海老フライを脇に載せる。キャベツの千切りの代わりに、白菜の千切りだろ。あとは……」

「白菜を使うなら、俺、塩もみして浅漬けにしたヤツがいいです」

暖簾を店内に入れ終えた高原が、カウンターから厨房を覗き込んでリクエストする。

「そうだな。それにするか。柚の皮が少しあるから、それも刻んで入れよう」

味噌炒めと海老フライがこってり系だから、丁度いい。

啓介は軽く頷いて、熱した中華鍋に食材を入れて炒めた。

子供の頃からずっと、祖母が料理する姿を見て育った。最初は見よう見まねで鍋と菜箸を持った。今ではもう、自分の体の一部のように扱える。

厨房から店内を一瞥すると、雷火とウカノさん、祖母が何やら話している様子が見えた。

「気になります？　やっぱ」

まかない料理待ちの高原が、「んふふー」と笑いながら啓介に話しかける。

「そりゃあ、なるだろ。あんなふざけた男が、ウカノさんの知りあいだなんて」

「やっぱりそこですか。でも、綺麗ですよね。キラキラしてて目の保養。今度のマンガに是非とも使います」

綺麗なだけならよかったのに。

啓介は心の底からそう思って、高原に「本ができたら見せて」と言った。

「……だったらこれはみんなと話をした方がいいと思うのよ、ウカノさん。啓介、高原君、ちょっとこっちの話に加わって」

祖母に手招きされては断れない。

啓介は出来上がった料理を盆に載せ、高原と一緒に席へ移動する。

「大勢いるときは、みんなで美味しいものを分かち合うのがいいと思うのよ。陽子さんと啓介君のご飯はとても美味しいから、余計にそう思うのよね」

ウカノさんの笑顔に、啓介は「ありがとうございます」と照れた。まだまだ祖母には敵わないと思っているので、褒めてもらえると嬉しいのだ。

「ナスの炒め物、最高ですよね！」

高原は笑みを浮かべ、油を纏って光り輝いているナスを口に運ぶ。

豚のバラ肉の油を吸ったナスはとろとろで旨いし、味噌味の豚肉は最高だ。

「カロリーは無視して旨い物を食べるって感じだよね」

祖母が笑い、ウカノさんが頷く。

「一口、食べてみるか？」

取り箸で小皿にナスの味噌炒めを盛っていた雷火は、火嵐の口元に「ほれ、あーん」と味噌炒めを持ってきた。

火嵐がハフハフと食べる様子を見て、思わず心が癒される。可愛い。なんて可愛いんだ。

「でね、私は思うわけです。ひとまず雷火をこのお店に置かせていただけないかと」

ウカノさんの提案に、祖母が頷く。

「え？　なんでそんなことに？」

ピタリと動きを止めて、啓介が理由を尋ねた。

「啓介君、この浅漬け、とても美味しいわ〜。何かコツでもあるのかしら」

「ありがとうございます。コツなんてそんな！　さっぱりしたものを……って思いながら作っただけですよー」

箸休めの白菜の浅漬けは、口の中をさっぱり味にリセットして、次の一口を新鮮なものにしてくれる。

ああやっぱり、俺の作る料理は旨いじゃないかと、心の中で自画自賛しながら箸を進める。

啓介は、ウカノさんにはぐらかされたことに気づかず、笑顔で食べ続け、最後に豆腐とワカメの味噌汁で喉を潤した。

もちろん、高原が肩を震わせて笑いを堪えていることにも気づかない。

すると祖母が使い込んだ湯飲みにお茶を注いでくれた。

高原が「あ、すみません」と嬉しそうに頭を下げている。

「腹はいっぱいになったか？」

茶を飲んでいたら雷火に話しかけられた。こんな間近で無視はできず、啓介は「なった」と言ってやる。

「僕もお腹がいっぱいです。とても美味でした！」

無邪気な笑顔を浮かべ、火嵐がそう言った。

ああ可愛い。それに比べて父親の方は……。

啓介は不機嫌な顔で雷火を見る。

「俺も旨い飯を食べて機嫌がいい。なので、ウカノさんの提案に乗ることにした」

「……え？」

それってなんだっけ……と首を傾げたところで、雷火がここに居候することを思い出した。

「いやでも、今日会ったばかりの人間を住まわせるって……」

「下宿なんてそんなものではないのか？」

当たり前の顔で言う雷火に、高原が「保証人がいればどうにでもなりますよね」と言う。

その通りだ。高原の言うその通りだけども、啓介は納得がいかない。

今までの祖母と違って、簡単に決めすぎるのだ。

「慈善事業じゃないんだからもう少しよく考えてくれよ、ばーちゃん」

「だからお前にも聞いてみたんじゃない。どうするって」

まさか祖母が、この怪しげな男に懐柔されるとは思わなかった。しかも、すぐ傍でウカノさんまで賛成している。

「こんな……得体の知れない男を？　ここに住まわせるって？　土地に関わる大事な書類を盗まれでもしたら大変なことになるんだぞ」

先祖から受け継いだ土地を失うだけではなく、自分たちが路頭に迷うことにもなるのだ。

「啓介君、それに関しては、私が身元を保証するわ。雷火は昔からの知りあいというか、とにかくいろいろと世話を焼いてあげた子なのよ。独り立ちして、今は宿無しなんだけれど、悪い子じゃないから」

ウカノさんの柔らかな笑顔が眩しい。

そして、なんというかこう……嫌だと言えない強さが含まれていた。

「でも、その……」

ウカノさんが保証人になってくれるなら、これ以上の安心はない。だが啓介は、首を縦に振れずにいる。

「だったら、仕事の手伝いもしてもらえるんですか？　子連れで宿がないってことは、いろいろとわけありなんですよね？　まあ察しは付きますが。宿がないなら、ここで働くといいですよ」

雷火と火嵐と啓介以外が、「ですよね！」という表情で発言者の高原を見た。

「バイトの俺が首を突っ込むなって感じではあるけど、御倉食堂はいい職場だと思います。清々しい場所だし、あなたには持って来いだと思いますよ。そして、俺が来られない時に代わりに入ってくれると助かります。雷火さん」

高原はそこまで言って、祖母に「ねー？」と話を振った。

「そうだね。これだけの色男が店に入ってくれたら、女子のお客さんも増えるね！　いいことだわ。是非、勤めてほしいわ」

陽子が「目の保養に丁度いい」と、何度も深く頷く。

そこかよ、結局はそこかよ！

啓介は周りからどんどん攻められていく。

「ねえ啓介君。こんな可愛い小さな子供を連れているのに、住むところがないなんて可哀相じゃない？　ねえ？　そう思うわよね？　ここから追い出すなんて非道はしないわよね？」

「う……っ」

だったらウカノさんのところに住まわせてはどうでしょう……と思ったが、その言葉が、どう頑張っても口から出て来ない。

「あの、啓介さん。よろしくお願いします。僕も頑張って働きます」

火嵐が瞳を輝かせ、両手を合わせて啓介を見上げた。宗教画の天使のように可愛らしい。

「くっそ……。ここでだめだって言ったら、俺はとんだ悪役じゃないか！　ああもう！　好きにすればいいだろっ！　土地も店もばーちゃんのものなんだからっ！　高原君も賛成しちゃってるし！　俺はまだまだ未熟者だし！」

屈した。

屈するしかなかった。

そうしたら、火嵐が「ありがとう」と言って啓介に抱きついてきた。

小さくて柔らかくて、本当に可愛い。あとで何かスイーツを作ってやりたい可愛さだ。

よしよしと火嵐の頭を撫でながら、啓介は小さなため息をつく。

「これで決まったね！　これからよろしく頼むね、雷火。敬称を付けた方がいいかな？」

陽子は雷火に尋ねるが、彼は「呼び捨てで構わない。その方が親しみ度が増す」と言った。

ああもう、ほんと、親しくなりたくねえっ！

心の中で叫んだら、火嵐が「僕のことも呼び捨てしてください」と言ったので、啓介はその愛らしさに撃沈した。

「はー……可愛い。癒される。俺に妹か弟がいたら、こんな感じなのかな？」

「啓介さん。それ、弟と言うより息子って言った方が合ってますよ。どう見ても、誰が見ても、父親と子供に見えます」

高原の言葉に、陽子とウカノさんは「そうよねえ……」と相づちを打った。

結婚もしていないのに二十二歳で一児の父は嫌だ。

善は急げとばかりに、雷火親子は今夜から御倉家に住むことになった。

祖母とウカノさんがそう決めてしまった。

だったらもう啓介は、同居に文句を言っているよりも「店のために働いてもらう」と気持ちをシフトさせる。なかなか難しいし、今も腹が立っているが、頑張ることにした。

「今までどこに住んでたとか、可哀相な話になりそうだから聞きたくないけど、その、身の回りの物や着替えはあるんだろう?」

夕方は十七時半からの営業なので、持ってくる荷物が多いなら手伝ってやろうと思った。

「ああ、そうだな。お気に入りがいくつかあるから手伝ってもらおう」

笑みを浮かべる雷火の横で、火嵐も「僕も行きます!」とはしゃいだ。

が。

啓介は自分の行動が軽率だったと心の中で後悔する。

どうしよう。橋の下で雨風を凌(しの)いでいたとか、廃屋(はいおく)で暮らしていたとかだったらどうしよう。

それを見せられたら俺は泣くかもしれない。あー……何やってんだ俺……。

啓介は可哀相な話に弱かった。特に、子供や動物が主役となる可哀相な話は苦手中の苦手で、中でも「子供と犬が可哀相」なフランダースの犬は今でもトラウマだ。

そんな啓介の複雑な心境を知らない美貌の男は、通り過ぎる女性たちをことごとく赤面させている。

「そんなに遠くはないんだ。疲れることはないぞ」

雷火は涼しげな表情で言い、彼とすれ違う女性たちは顔を真っ赤に火照(ほて)らせて、二度見どころか何度も振り返っている。

　女性たちの気持ちは分かる。心から分かる。これだけ美しい男と遭遇したら、何度も振り返って見てしまうし、「ありがたい」と思わず拝んでしまう。血行だってよくなる。もしかすると寿命も延びるかもしれない。

　だが不思議と、誰も携帯電話のカメラ機能を使っていなかった。

　目で見る方が大事で、写真に収めるのを忘れてしまうのかもしれない。

「もう少し行くと、高級住宅街だし。あとはホテルが何軒か……」

「ああ、そこいらだ」

　雷火に見下ろされて、「ホント、俺より大きいのかよ」と、百七十八センチの啓介は少々不愉快な気持ちになった。

「そこいらって、空き家はなかったと思うけど」

「ホテルに空き室はあったぞ。見渡しのいい部屋を所望したら、最上階に案内された」

　何を言ってるんだこいつは。ホテルの最上階？　え？

　少し前まで無銭飲食をしようとしていた男が、ホテルの最上階に泊まっているだと？

　啓介は「本当に金はあるんだろうな？　保証人のウカノさんだけでなく、俺やばーちゃんに迷惑をかけんなよ？」と、目線を上げて言った。

「迷惑などかけるか。……しかし陽子は面白い人間だな。度胸もあるし料理の腕もいい。それに、善し悪しを見抜くよい目を持っている」

「……俺のばーちゃんを、褒めてくれてありがとう。ほんと、俺を育てながら店を切り盛りするのは大変だったと思う。けど、ウカノさんを始めとする常連さんたちが助けてくれたんだ。だからそろそろ、厨房を俺に任せてのんびりしてほしいんだよな……」

気にくわないが、大事な祖母を褒めてくれたことに関しては感謝を述べる。

啓介は、さっきからあちこちキョロキョロしている火嵐の手を、迷子にならないようしっかりと握り締めて「世の中、いい人ばっかりってわけでもねえけど、どうにかやって行けてる」と言った。

「お前は本当に、よい魂を持っているのだな」

「ん？」

いきなり何を言い出すと思ったらそっち系か。しかし、雷火の外見ならさぞかし素晴らしい教祖様になれるだろう。

「今までも守られていたのだろうが、俺が来たことによってより強固な守りになった。啓介、お前は生涯俺の世話をするがいい。許す」

だから、そういうわけの分からないことを言いながら、綺麗な顔を俺に見せるな。

「世話ってなんだよ」

「常に俺の傍にいて、俺に愛でられ、且つ、俺が満足できるように気を配るということだ。俺はお前のいる場所を選んだのだから、喜んで俺に奉納されろ。そして俺の世話をするがいい」

なんだよそれって。言い方が「神様」だぞ。

「お前のいる場所を選んだ」と言われて正直嬉しかったし、外見だけなら信じられないくらい美しい男にそう言われて優越感も感じたが、しかし、奉納されろとはどういうことか。

啓介の眉間に皺が寄っていく。

「そういう世話ならお断りだ。それになんで俺が愛でられるんだよ。そっちの趣味はねぇよ。俺は可愛い嫁と出会って、子供に御倉食堂を継いでもらうのが夢なんだ」

「果てしない話だ」

「やめろ。俺の嫁探しは果てしなくない」

「まあ、今は好きに言っていろ。ところで、俺はあれを食べたいと思う。ずっと気になっていたのだが、今まで食べる機会がなかった。今がその機会だ。火嵐もそうだと思う。なあ火嵐」

ワクワク顔で雷火が指さした先には、大判焼きの屋台があった。その横に地下鉄への入り口がある。

地下鉄の乗客目当てではないらしい、今一つやる気を感じさせない不定期出店の屋台だが、味は旨い。特に、粒あんバターが旨い。

「た、食べたいです！　さっきからいい匂いがしてたのは、あの焼き物だったんですね！」

火嵐が啓介の手をぐいぐいと引いて、屋台の前に立つ。

「いろんな味があるんだよ。粒あんバターに、カスタード、ハムチーズ、白あん。俺のお勧めは粒あんバターかな。甘塩っぱくて美味しい」

啓介の説明に、屋台の兄さんが小さく笑って「それが一番人気っす」と言った。

「啓介さんが美味しいって言ったのを食べたいです！」

「了解。すみません、では、この粒あんバターを三つください。すぐ食べるんで、大きな包みはいらないです」

啓介は財布から三個分の代金を払い、大判焼きを受け取る。

火嵐ははふはふと口を動かしながら齧り付き、「美味しい」と言えずに「むーむー」と唸った。雷火も一口食べて「ははは」と笑い出し、すぐに食べ終えた。

「本当に旨いな。あんことバターが絶妙に絡み合って、それが大判焼きの皮と混ざり合って極楽を見せる。よい物を食べた」

大げさな賛美に聞こえるが、一口食べれば「それが当然」の感想になる。

啓介は、いつ食べても旨いと小さく頷いて、火嵐の口の周りについていたあんこをハンカチで拭った。

「なんという美味でしょう。そして甘露」

火嵐は、ずいぶん渋い表現で旨さを語る。間違ってはいないが、少々違和感を覚えた。

父親が変わった言葉を使っていると、子供もそれをすぐに覚えて使うにしても、だ。

「ほら。あそこにあるホテルに、俺たちは住んでいる」

雷火が指さしたのは地下鉄と繋がっているホテルだった。

新築でもなく高級ホテルでもないのだが接客と料理が素晴らしいので、結婚式やレセプションによく使われるのだと店に来る客が話していた。

そういえば祖母が、このホテルのカフェでアフタヌーンティーを楽しんで来たと言っていたのを思い出す。啓介は地下鉄はよく使っていたが、そういえばホテルの中には機会がなくて一度も入っていなかった。

「……どれくらい住んでたんだ？」

啓介はホテルを見上げながら雷火に尋ねる。

「三年ぐらいだ。あのホテルを拠点に、自分たちの住処(すみか)を探していた。御倉食堂はあまりに目映かったので、勿体なくて最後に訪れた。……正解だった。お前の魂があの目映さの一端を担っていたのだ」

「三年も、ホテルの最上階で……」

どんなホテルでも、だいたい、最上階の部屋は高価だ。そういう仕様になっているはずだ。ビジネスホテルでなければ尚更(なおさら)だ。

「……ちゃんとチェックアウトしてくれよ？　揉(も)め事はゴメンだからな」

啓介の言葉に、雷火は軽く頷く。

そして啓介は、人生初のスイートルームに足を踏み入れ、三つの大きなスーツケースに雷火と火嵐の洋服と身の回りの物を詰め込んだ。

チェックアウトの際は涙ぐむ従業員もいて「またいつでもお越しください」と、マネージャーまで登場した。火嵐はホテルのカフェで売っている菓子の詰め合わせを餞別にと貰った。

「それでも、俺がこのホテルから一歩足を踏み出したら、彼らは俺が住んでいたことを忘れるのだ。俺たちが宿を借りる場合は、そういうしきたりになっている」

「僕、フロントのお姉さんが好きだったので……少し残念です」

「相手は人間だから、仕方がないのだ、火嵐」

雷火は火嵐の頭を撫でて言い聞かせる。

啓介は今の会話が理解できなかった。

「説明を求めたいんだが。何が何のしきたりだって？　すぐに忘れる？　意味が分からねえ。まさか宿泊代は……」

「払っていない。その代わり、俺と火嵐が住んでいる間のホテルの売り上げは素晴らしいものになったはずだ。『そういうシステム』なのだ」

啓介は雷火の差し出した領収書を見て、目をまん丸にした。

本当に一銭もかかっていない。

「だったら、御倉食堂にもそういうことが起きるのか？　ばーちゃんや俺が作った料理の善し悪しに関係なく、客が来るとか？　あんたには招き猫みたいな力があるのか？　テレビで見たことがあるぞ。その人間が通う店は繁盛するとかって。ラッキーマンだって。海外の話だけだと思ってたが……」

それは店の矜持に関わる。

啓介は真剣な顔で問い、雷火の返事を待った。

「……ああ、そういうことなら安心していい。仮の宿にしかシステムは作動しない。御倉食堂は俺の社だ」

「やっぱり適当な話かよ！　真面目に聞いて失敗した！　それに、御倉は社じゃなく食堂だ。間違えるな。あと、子供の学校に関してもちゃんと手続きを取れよ」

それにしても、何年も住んだのに一銭も払わないのがまかり通るとか、笑顔で請求額零円の領収書を出すホテルとか、生まれて初めて見たわ……。

この話は、祖母にだけ言って終わりにしようと、啓介は固く誓った。

「心配しなくても大丈夫だ。上手くやる」

微笑む雷火の横顔を見ていると、本当に大丈夫のような気がして、そう思ってしまった自分に少しばかり苛つく。きっと零円の領収書を見てしまったからだ。

それにこいつは祖母や常連を懐柔して、居候を決め込んだ怪しい人間なのだ。息子の火嵐を可愛がりはしても、この男には気を許してはいけない。

「そこまで疑われるようなことをしたか？　俺は。少しは笑いかけてくれ」

「……どの口がそんなことを言うのやら」

呆れてそれ以上何も言えない。

啓介はスーツケースをガラガラと響かせながら、「大通りでタクシーを拾おう」と思った。


「雷火さん、髪の毛を縛っていいですか？　それだとちょっと長いので」

高原が結うための黒いゴムを右手に持って、雷火に「少し膝を曲げて～」とお願いしている。

啓介が「働かざる者食うべからず」と言う前に、雷火がニヤリと笑って「言われた通りに労働をしてみるか」と宣言したからだ。

「なんでみんな、あんな胡散臭い男をすんなり受け入れるんだよ。意味分かんねえ」

鶏の腿肉を唐揚げ用にブツ切りにしながら、つい大きな独り言を言ってしまい、祖母に笑われる。

「雷火は悪い人じゃないのよ。むしろ逆。性格はまあ……面白いけどね。なんというか、あの顔を見てるだけですべてを許すって感じかしら。心が洗われる美しさ……」

なんだそれ。洗剤のＣＭかよ。

うっとりと目を閉じる祖母に心の中で突っ込みを入れ、厨房から店内を見る。

視線の先に、髪を後ろで結った雷火がいた。彼は啓介の視線に気づいたのか、振り返ると、またしてもニヤリと意地の悪そうな笑みを浮かべる。

あれのどこがいい人なんだよ。仏間に布団が用意してあるけど、寝る時は絶対に俺の部屋に寝させる。夜中に勝手に出歩かないよう見張ってやる。

啓介は心に決めた。


「お兄ちゃん！　新しいバイト？」

「えらい男前じゃない！　こっちで一杯飲んで！」

「明日は友だちを連れてくるわ！　絶対に来るわ！」

などなど、髪を結ってエプロンをつけた雷火は、客に大好評だった。

雷火は特別なことは何一つしていなかったが、客たちが勝手に盛り上がる。

彼らは雷火の一挙手一投足を見つめなければ気が済まないらしく、とにかく話の折々で雷火を目で追った。

雷火も雷火で、人に見られるのは慣れているのか、堂々としたものだ。

「俺を見続けていたいのなら、料理を注文してもらわないと困るな」

「俺はその程度の値段か？　あと一品、付け足してもらわないと！」

などなど、エプロン姿で腰に手を当て、偉そうに言った。

なのに誰も突っ込みを入れず、怒るどころか喜んで「そうでした！」「ビールと、つまみのコロッケをお願い！」と笑顔で言い、厨房は大量のオーダーでとんでもない忙しさとなった。

店内が常連客だけになった途端、彼らは雷火に酒を勧め、雷火も断ればいいものを喜んでグラスを空にする。その素晴らしい飲みっぷりに、客たちが「私の酌で飲んでくれ」と、年を忘れて黄色い声を上げげた。

そこに高原が「ここは食堂ですからねー。それくらいにしておきましょうねー」と、慣れた口調で止めに入る。

すると客たちは「あらやだ忘れてた！」とゲラゲラ笑い、上機嫌のまま代金を払って帰った。一人帰ると、「じゃあ俺も」「私も」と、みな釣られるように席を立つ。

気がつくと、客が全員帰っていた。

「また来い！　俺が相手をしてやろう……ではなく、ありがとうございました、だった！」

啓介が睨んだので雷火は途中で言葉使いを改めたが、客たちは「俺様でいいのよー」と叫んだ。かなり酔っている。

それに時間はもう二十時四十五分なので、帰宅には丁度いい。

「高原君、暖簾、もうしまっちゃってー」

「分かりましたー」

高原は陽子に言われて外に出る。

雷火は、今日が手伝い初日にも関わらず手際よく皿を重ねて厨房の洗い場に持ってきた。

「あとはこれを洗えばいいのか？」

「それは俺がやるからいい。あんたは、その、火嵐のところに行ってやれよ」

みんなの仕事中、火嵐はお茶の間で絵本を読んでいるはずだ。

おやつや夕飯を持っていったときは、「美味しい」と喜んでいたが、そういえばずいぶん静かだ。

「すまんな。ところで俺に気を使うということは、俺の世話をすると決めたからか？」

「違う。どんなに聞き分けがいい子供でも、父親に傍にいてほしいだろうが」

「ああ、そうだな」

雷火はふわりと微笑んで、何を思ったのか啓介の頭を乱暴に撫でる。そして、厨房奥のドアから母屋（おもや）に向かった。

「今日の売り上げが凄いことになってるんだけど。そんなに忙しかった？」

レジを締めて最終金額をチェックした陽子は、目を丸くして高原に尋ねる。

「アルコールが結構出ましたから、それじゃないですか？　みんな雷火さんに飲ませたくて頼んでたし」

「そうだね。けどうちは食堂だから、明日からそこらへんは締めていかないとね」

「そうだよっ！　うちはスナックやバーじゃないんだから！　ったく、子供が一人で父親の仕事が終わるのを待ってるってのに！　誘われるまま飲みやがって！　あいつ！」

雷火に撫で回されてボサボサになった髪のまま、啓介が店に出てきた。

「高原君はもう帰って大丈夫。疲れたろう？　ありがとうな。夜食の入った容器を厨房に置いてあるから、よかったら貰って行ってくれ」

「あ、そうですか？　では遠慮なく貰って行きます。いつもありがとうございます」

高原は嬉しそうに目を細め、スキップするように厨房に走り、目当てを発見し確保する。

「おにぎりと卵焼きとウインナー！　そして焼き鮭！　夜食の定番としてネットによく上がる画像と同じものが！」

「喜んでもらえてよかった。おにぎりの具は、焼きタラコと味付けコンブ、そして梅。頑張って勉学に励んでくれ、大学生」

「頑張りマッスル！　では俺はこれで失礼します。お疲れ様でした！」

エプロンを外して身支度を整えた高原は、夜食を自分のバッグに入れると、笑顔で御倉食堂をあとにした。

「高原君、ここまで自転車だったたよね？　カゴが付いてるなら、もっと食べものを持たせてあげればよかった」

祖母は残念そうに言って、「次は炊き込みご飯かお稲荷(いなり)さんでも持たせようか」と考える。

「ばーちゃんも母屋で休んでくれ。店の戸締まりと厨房の掃除は俺がやっておくから」

「ならお願いするわ。雷火に風呂の使い方を教えてあげないとだめだしね。それとも、男同士だからお前たち一緒に入っちゃう？」

祖母の冗談は笑えない。

なんで俺があいつと一緒に風呂に入らなければならないんだと、表情で示す。すると彼女は「嘘よー」と笑いながら母屋に向かった。

「……まったく」

啓介は腰に手を当て、「ふう」と一息つく。

そして、まずは店の戸締まりを済ませる。

御倉食堂は造りは古いが「セキュリティ」はしっかりしている。というか、しっかりせざるを得なかった。

とにかく、この土地を欲しがる連中の中には、危ないことを平気でする者もいたのだ。

不思議と泥棒に入られたことはなかったが、ドアや窓はよく壊された。だから今は頑丈なシャッターで守っている。

先祖代々住んでいる土地だから愛着があって守ってはいるが、「ここはいい土地」と言われても今一つピンとこない。

大通りに面しているわけでもないし、広々とした敷地でもない。

具体的に、何がどんな風に「いい土地」なのか教えてくれと言ったことがあるが、すると相手は決まって「いい土地としか言いようがない」と言った。

「いい土地なら、他にもあるだろうにな」

そんなことを呟きながら、啓介は裏手から母屋に戻った。


障子を開けて八畳の茶の間に入ると、祖母・陽子が「お疲れ啓介。お茶でも飲むかい？」と言って、煎餅(せんべい)を銜(くわ)えたまま急須を持った。

「うん。一杯もらう。……ところで、あの二人は？」

「風呂だよ。親子だから一緒に入っておいでって言ったんだ。啓介は、お茶を飲んだら仏間に布団を敷いてあげてね」

「……ばーちゃん」

「何?」

「どうしてあんな、得体の知れない奴を家に入れたんだ? 今日日、どれだけ物騒か分かってるよな? 何かあってからじゃ遅いんだ」

いつもの祖母なら、こんなことは絶対にしない。住み込みで働ける場所を探してやることはあっても、その場のノリで我が家を貸すなど。

「お前だって、いいって言ったじゃないの。今更蒸し返すの?」

「いやだから! ここに居候させるにしても、働かせるにしても、もっと素性を……」

すると陽子はにっこりと笑い、「ウカノさんが全部分かっているからいいんだよ。この話はおしまい」と言った。

「……じゃあ、親の方は俺の部屋で寝てもらう。俺の隣で、そんで、お互いの足を紐でくっておけば、勝手に動くことはできない」

「そこまでする必要があるのかしらねえ」

「用心に越したことはない。俺の気の済むまでさせてくれ」

すると陽子は小さく肩を竦め、「仕方ないわね」と笑う。

「笑い事じゃないんだけど……」

「あんたにしては珍しく突っかかってくるね」

「……いつもしっかりしてるばーちゃんが、今回に限ってヤワヤワだからな」

「何それ、ヤワヤワって。若者言葉？　よく分かんないよ」

いつも大学生の高原が使う「今時の言葉」に普通に対応しているくせに……と思いながら、啓介は「分かんないならいい」と言って眉間に皺を寄せた。

そこに、頭にタオルを巻いた火嵐が駆け足で戻って来る。

「お風呂！　楽しかったです！　ほこほこになりました！」

彼が着ている浴衣は啓介が子供の頃に着ていたものだ。よく今まで取って置いたなと思わず感心した。

「よい土地、よい水を沸かした風呂、素晴らしかった。いやいや、久し振りに羽ならぬ尾を伸ばした」

その後ろから、同じく浴衣を着て頭にタオルを巻いた雷火がやってくる。美形は何を着ても似合うというのは都市伝説ではなく本当なんだと、目の前の雷火を見て再確認した。……というか、着物を着慣れていると言った方がいいのかもしれない。腰を下ろすときの所作が妙に美しい。

彼の着ている浴衣には見覚えがなかったので首を傾げると、陽子が「死んだじーさんのだよ」と言った。

「そうか。じーちゃんのか」

赤子の自分を抱っこしている写真は何枚もあるが、物心がつく前に病気で死んでしまったので、啓介は覚えていない。

「本当に、色男は何を着ても似合うから目の保養だねー」

「……ばーちゃん、じーちゃんが草葉の陰で泣いてるぞ」

「何言ってるのよ。あの人だって、こんないい男に囲まれて笑っている私を見たら、喜んでくれるわよ」

祖母は強かった。

そして火嵐が「喉が渇きました」と、笑顔を見せる。ふっくらとした子供らしい頬が風呂でほんのり赤く染まり、まるで桃のようだ。可愛い。

啓介は、結婚して子供を持つなら、火嵐のような子供がいいなと密(ひそ)かに思う。

「何を飲む？　ジュースもあるけど」

「お水をください。この家のお水は美味です」

「あらそう？　じゃあ、陽子さんと一緒にお水を飲みに行こうね」

そう言って祖母は立ち上がり、火嵐の手を握って台所へ向かった。

茶の間に残されたのは、啓介と雷火の二人。

しんと静まりかえって気まずい。

テレビの電源を入れようとも思ったが、ここでいきなり電源を入れるのも、逆に気まずいような気がする。

「……客が先に風呂に入って悪かったな」

「へ？　あ、ああ……別に。そんなの気にしなくてもいい。そっちこそ、子連れで風呂は大変だったろう？」

ランチを食べに来るサラリーマンが「子供を風呂に入れるのは大変だ」と結構語るので、啓介はそれを思い出して雷火に言った。

「火嵐は俺の子だから行儀がいい。大人しく体と頭を洗って、二十数えるまで湯船に浸かることができた。俺の子だからな！」

新手の我が子自慢だろうか。

見ると雷火は、どこか誇らしげな表情を浮かべていた。

「そういうところは、ちゃんと父親なんだな。うちの土地を寄越せとか、俺に神職を授けるとか、意味不明なことを言ってるけどさ」

「いや、ここに社を建てたい気持ちは少しも変わらないぞ。まずは小さな祠でいいから空いた場所に建てさせろ」

「無理です！」

ちゃぶ台を両手で叩いて言ったのに、雷火は「人の話を聞く耳ぐらい持て」と、謎の上から目線で話しかけてくる。

もう一度怒鳴ってやろうかと思ったが、陽子の「夜に大きな声を出すと、『真っ暗おじさん』がやって来るよ」という声に、慌てて口を閉ざす。

真っ暗おじさんとは、騒ぐ子供を大人しくさせるための架空の存在だが、彼女の話し方がとても上手かったので、成人した今でも啓介の心の中に当時のトラウマとして残っていた。

「大声なんか出してねえ」

「なんだ。啓介はその『真っ暗おじさん』とやらが怖いのか？　なかなかかわいいところがある」

「やめろ。本気で怖かった子供の頃を思い出すからやめろ」

「怖くないから安心しろ。その真っ暗なんとかは、もうお前の前に現れたりしない」

よしよしと頭を撫でられ、微笑む雷火にそう言われると怖さが薄れるような気がしたが、啓介は気づいてしまった。

「お、おい……もう現れないって……どういう意味だよ。昔は現れていたって意味か？　おい！　俺はこれから風呂なのに、入れなくなんだろっ！」

「ならば、俺が一緒に入って監視をしてやろう。俺が傍にいれば、恐ろしいものは何も寄ってこられない。なんと言っても俺は凄いからな！　祀るがいいぞ」

「誰が祀るかよ。……っつーか、あんたは火嵐をちゃんと寝かしつけておけよ。俺は風呂ぐらい……一人で入れるっ！」

本音を言うと、ちょっと怖い。

そもそも啓介は、ホラーも苦手なのだ。

だが今はそうも言っていられず、勢いよく立ち上がって風呂場に向かった。


火嵐は、茶の間の隣にある陽子の部屋で寝ることになった。

雷火はというと、二階の啓介の部屋だ。

畳敷きの部屋は十畳ほどで、二人分の布団をゆったりと敷くことができる。

南東の壁は一面窓で、その向こうは洗濯物をたくさん干せるベランダになっている。ベランダは廊下側からも行ける仕様になっていて、啓介のプライベートはそこそこ保たれていた。

年季の入った本棚の中には料理関係の本がずらりと並び、下の段には可愛いスイーツの雑誌が入っている。

壁には、様々な洋菓子店の限定スイーツの写真が飾られて、感想付きの付箋(ふせん)が貼られていた。写真の中に、祖母や友人たちと一緒に撮った写真が何枚か入っている。

部屋の隅には使い込んだ座卓とノートパソコン、ピンク色の大きなビーズクッションが置いてあった。それはスナック菓子の懸賞で当てたもので、啓介のささやかな宝ものの一つだ。

あとは、やはり年季の入った洋服ダンス。クローゼットというお洒落な物ではない。

年頃の男子にしては今一つ色気がない部屋……と思われがちだが、至るところにファンシーな色のぬいぐるみが置いてあるので、別の意味で色気があった。通販で買ったり、ゲームセンターの戦利品となったものを並べていたら、こんな不思議空間になった。

大きなぬいぐるみの触り心地は柔らかくてふわりとしていて最高で、仕事に疲れた啓介の心と体をいつも癒してくれる。

できれば床もぬいぐるみのようにふわふわした生地にしたかったが、祖母が冷静に「夏は暑いし、ダニが湧きそうだよ」と言ったので、我に返ってやめた。

また祖母は「ゲームはしないの？　音楽聴かないの？」とあれこれ心配してゲーム機やオーディオ機器を買ってくれたが、結局、使っているのは啓介ではなく祖母だ。

ちなみに祖母は、七十という年齢にも拘わらずアクションゲームが大変上手い。

「なかなかいい部屋だ……って、なんで俺の足を紐で縛る？　俺とひとときも離れたくないという意思表示か？　可愛いなお前」

「違う！　俺はまだあんたを信用してねえ。ばーちゃんを安心させて、土地の権利書な……とにかく大事な書類と判子を持って逃げないように、こうして備えただけだ。紐を切ろうとして動いても、俺はすぐに起きるからな。覚悟しておけ」

「……お前は面白いことをするなあ。退屈しない」

雷火が「あはは」と笑いながら、またしても啓介の頭を撫で回した。

「ちょっ、子供じゃねえんだから、いちいち俺の頭を撫でるなっ」

「おや？　俺に撫でられるのがいやなのか？」

そう言いながら、雷火は啓介の頭を撫でる。

「やめろ」

誰かにそんな風に優しく撫でられたことなんて、子供の時だけだっての。ばあちゃんがよく撫でてくれた。俺がデカくなってからは、誰も……。

急に身長が伸びたのが、中学三年生の秋だった。

それまでクラスの真ん中ぐらいの身長だったのが、あれよあれよという間に伸び続け、気がついたら一番後ろになっていた。

つまり七年ほど、人様に頭を撫でられていない計算になる。

それなのに、雷火に今日一日で山ほど頭を撫でられた。

「嫌ではないようだな。よしよし、いい子だ」

「子供扱いすんなよっ！　恥ずかしいな、あんた！　もう寝るぞ！」

「照れるな」

「誰が照れるか！　正体不明男っ！　さっさと寝ろよ！」

できる限り怖い顔で言ったつもりなのに、雷火は笑顔で「はいはい」とのんびり返事をする。

暖簾に腕押しというか糠に釘というか……自分の怒りが今一つ相手に伝わらないのが悔しくて、啓介は寝るまで無言を通した。

ああ、これは夢だ。

時代劇に出てくるような立派な座敷に胡座(あぐら)をかいて、啓介はそう確信した。

凄いことに、新しい畳の匂いまでする。

「明晰夢(めいせきむ)、だっけ？　こういうの」

どうせなら、Tシャツとスウェットじゃなく着物だったら様になったのに。

そう思った途端に、啓介は着物姿になった。

「マジか。すげえな、夢」

両サイドの襖(ふすま)には、素晴らしいとしか言いようのない、麒麟(きりん)や鳳凰(ほうおう)などのめでたい動物が描かれている。

「俺の夢に招待させてもらった。こっちの方が、お前に話をしやすいと思ったからな」

気持ちが引きしまる凛(りん)とした声に、啓介は慌てて顔を上げる。

そこには、狩衣姿の雷火がいた。髪が伸びて、畳にかかっている。

服と髪が白銀にきらきらと光っていて、決して認めたくないが神々(こうごう)しい。

「は？　あんたは、ただの怪しげな子持ち無職じゃなく……妙な術も使う男なのか？」

「妙と言うな。これでも俺は神格を得ていて、お前たちの言う『神』の一人だ。敬え」

「……季節だけじゃなく、人の頭の中まで春になってしまうとは、日本の気候はどうなってるんだよ」

「だから俺は神格を得た白狐だ。神だぞ、神！　少しは真面目に話を聞け、こら」

雷火の背後で、白くて大きくてふっさりとした尻尾的なものが、もふっと動いた。

なんだあれは……っ！　俺の夢に必要な物なのか？　あのモフモフは……っ！

必要かどうかは別として、もの凄く柔らかそうな毛並みなので、とりあえず触ってみたい。

「それは本物か？」

できるだけさり気なく、「見えたから聞いてみただけなんだからね！　別に、尻尾に興味があるんじゃないから」という態度で、雷火の尻尾を指さした。

「応とも」

雷火は言うが早いか、白い尻尾をモフッと動かす。

「そ、そうか、本物か……でもこれは夢だから、触ってみないと本物かどうか分からないな」

夢という時点で本物も偽物もあったものじゃないが、尻尾に触りたい一心で啓介は澄ました顔でそう言った。

「触りたいなら触っていいぞ？　触っても減ったりしない。御利益が……ああ、御利益に関しては、お前は必要なさそうだがな」

「よし、じゃあ触る。噛むなよ？」

「失敬だなお前」

「だって、犬猫は尻尾を触られるのいやだろ？　あ、狐ってイヌ科だっけ？」

酷いことを言っている自覚はない。今はただ、とにかく、その柔らかそうな尻尾に埋もれたい。そして啓介は、両手を雷火の尻尾に埋めた。

柔らかいし、何かいい匂いがする。

「うわあぁぁぁぁ……」

啓介は、自分の記憶の中にある最も柔らかいものを思い出した。

あれだ。ひよこだ。いや兎の毛だ。子猫の毛だ。とにかく……それらを合体させた柔らかさだ。ぬいぐるみの触り心地もいいが、こっちは極上だ。

「なんで、こんな……っ、夢なのにっ、こんなに指先に感触がダイレクトに……っ、ああもう、気持ちよすぎてヤバイ……っ」

柔らかい上にいい匂いがする尻尾なんて最高だ。これを枕にしたら最高の寝心地に違いないと思う。

「堪能してくれて幸いと言っておこう。……で、ここからが本題なんだが」

啓介はモフモフ尻尾を抱き締めながら「なんだよ」と首を傾げる。

「この土地を寄越せとは言わんから、せめて社を建ててくれ」

建ててもいいか？　ではなく、建ててくれとは如何なものか。

それでなくとも雷火は「土地を寄越せ」と、まるでそれが当然のように言っていた。

「……それは、あんたが神様だからか？」

だから社の話をしたり、啓介の魂の話をしたというのか。

「そうだ」

「だったら、なんの神様だよ」

「手っ取り早く言うと、家内安全、商売繁盛だな！　社が大きくなったら、もっといろいろなことができるぞ」

胡散臭い。とっても胡散臭い。

啓介は眉間に皺を寄せて、雷火の尻尾から手を離した。

「高価な壺とか、高価な調理器具のセットとか、俺に売りつけようってのか？　悪いが、そんな余裕はない。なんてったって俺は、御倉食堂を改装するために金を貯めてるんだから！」

「いやいやいや、神はそんなものは売りつけたりしない。それは商売だぞ、啓介」

言われて気づいて赤面した。

確かにそうだ。人の心の弱いところを突いてくる商法だ。ワイドショーで見たことがある。

「それは、その、悪かった」

「悪いと思うなら、その貯めた金で社を建てろ。この土地とお前と陽子を守ってやる」

「何言ってんだ。やだよ。それに食堂の改装は、何年も先だ。まだまだ見積もりの金額には届かない」

そう言ったら、途端に雷火がしょんぼりした顔を見せる。

「おい、一児の父がそんな情けない顔をするなよ」

「九本の尻尾を奉納して、ようやく神格を得たというのに、俺の社がないなんて、俺が可哀相だと思わないか？　探し尋ねて数百年、ようやく俺の社を建てる場所を見つけたというのに」

九本の尻尾は、妖怪じゃないか。妖怪だろ。高原君の持っていた本にそんなことが書いてあった。なのに神格だと？　俺は狐に馬鹿にされているのか？　何百年も住むところを探したってのも、変な話……。

啓介は腕を組み、じろりと雷火を睨む。

「神様どころか妖怪かよ。九尾の狐って妖怪がいる。那須(なす)の殺生石(せっしょうせき)の……」

「あれと一緒にするな、あれと。俺は稲荷神社で立派に修行をして、こつこつと尻尾を増やした白狐だ。尻尾が十本生えたところで、九本奉納して神格を得たんだ」

雷火の大きな一本尻尾が、モフンと揺れた。

「……え？　そんなしきたりがあるのか？　九本も尻尾を切ったのか？　勿体ないっ！」

一本でもゴージャスな尻尾が、あと九本もあったなんて。それを奉納してしまっただなんて。一度でいいから十本のモフモフ尻尾に埋もれてみたかった。

「今頃はあの人のインテリアにされているだろうさ」

「だ、誰に奉納したんだよ……」

「俺が修行をしていた先の神だ。火嵐の修行先にもなる」

相手が神様なのか、だったら「一本譲ってくれ」とも言えない。

啓介は「まあ、本体がいるし」と納得することにした。

それよりも、この白狐には聞かなければならないことがある。

「この土地は、神様たちにとって本当にいい土地なのか？」

「神たちもそうだが、とにかく、雷火という神にとって最高の土地だ。なぜなら、啓介もいるからな。素晴らしい土地と、美しく素晴らしい魂を持ったお前。その二つが揃って、俺を迎え入れてくれた。最高だ。お前の傍にいると、俺の毛づやはどんどんよくなっていく。啓介を守る力も強くなる」

お前がいるから強くなれる……なんて言われると照れくさいし、認めるのは悔しいが嬉しくて心臓が高鳴る。

「本当に……神様？　雷火は神様……？」

「いつもなら、くどいと腹を立てるところだが、今ばかりはすべて許そう。俺は寛大な神だ。そして、お前をすべての災いから守ってやろう」

「そっか……でも俺はそもそも……そんな大怪我(おおけが)なんてしたことねえし。というか、その手に関しては、俺は自分でも信じられないほど、運がいい」

　友人たち曰く「守護霊が凄そう」らしい。

「それだけ美しい魂を持っていれば、そりゃあ皆助けたくもなる。……ところでお前、本当に人間か？　人間にしてはちょっと……」

「お、俺は生まれてから今まで、ずっと人間です！　あいにく尻尾も羽もねえよっ！」

「んー……。生まれは？　両親はどこにいる？」

「両親はここにはいねえ。詳しくはばーちゃんに聞け！　俺は知らん！」

と言うか、あっちはあっちで好き勝手やってるし……。

　祖母と二人の生活は長く、なかなか楽しいのだ。

「まあ、追々分かるだろう。その魂は、人間が簡単に持てるものではない、なかなかの一品だ。低俗な輩に奪われないよう、この俺が守ってやる。簡単に殺されるなよ？」

　よしよしと、またしても頭を撫でられた。

　どうもこの男は、啓介の頭を撫で回すのが癖になったようだ。

　そして啓介も、雷火の手の感触が心地よくなってきて、「やめろ」と言うのをやめた。

「俺が殺されるわけねえだろ。物騒だな。……俺を守るってことは、もしや、近々またしても御倉の土地を欲しがる奴らが来るってことか？　たまに乱暴な連中も来るんだよな。明晰夢は予知夢でもあるのかよ。すげえな俺、こんな夢を見られちゃうなんて！」

「あ、いや、そういう意味で言ったんじゃないが……まあそうだな、俺がここに住まっていることを知れば、この土地を欲しがっていた同輩はさぞかし悔しがることだろう。清々しい！」

にやりと、意地の悪い顔で笑う雷火に、啓介は「神様って嘘だろ」と突っ込みを入れた。

「今まで、こうしてお前に話しかけてくる輩はいなかったのか？　社を建てろとか、魂を寄越せとか」

「こんなおかしなことは、あんたが初めてだ。ったく、神棚じゃだめなのかよ。困った神様だな。社は簡単に建てられねえだろ」

　すると雷火は、「俺が求めているのはそれじゃない」という顔をする。

「うちの土地神に申し訳が……って、そういえば白狐がどうしてウカノさんと知りあいなんだ？　もしかしてウカノさんの家から追い出されたとか？」

「お前らは『さん付け』して人間づきあいをしているが、あの人は神だ。五穀豊穣（ごこくほうじょう）の宇迦之（ウカノ）御魂神（ミタマノカミ）。稲荷神社の主祭柱の一人だ」

　雷火が難しく長い名を口にした。

　ピンと来ない。

　うんうんと頷く中で、神の名が頭に浸透していく。

　そして啓介は、突然「えええええええっ！」と大声を上げた。

「え……？　ウカノさんが？　ウカノさんが神様？　マジかよ！　料理研究家なのに神様！

マジかーっ！」

五穀豊穣なら、そりゃ現代で料理研究家にもなりますよねっ！　うわあああ！　俺、神様と浅漬けの話とかしちゃったよーっ！

啓介は両手で頭を抱えて「神様ヤバイ！」とまたしても叫ぶ。

「この国の神は意外と庶民派で、よく街中を闊歩しているぞ」

「いや、まさか！　神様がうちの食堂に通ってるって、まさか！　嬉しいけどっ！　ビビるだろっ！」

「そしてもう一つ。知らぬはお前ばかりなり」

つまり、祖母の陽子やバイトの高原は知っていたことになる。

どうして教えてくれなかったんだという気持ちもあったが、仮に彼女が本物の神だとしても、今までと接客が変わることはないので、「わざわざ言う必要がなかった」というところに落ち着いた。心臓に悪いが、きっとそういうことなのだ。

そういうものだ。相手が誰でも、「御倉食堂」は常に出来たての料理を出す。

「俺、神様にドヤ顔で料理を出してたよ……。うわあ……穴があったら入りたい気分だ。凄く恥ずかしい……」

「素晴らしい魂を持っていても、相手の真の姿が見えないのか。勿体ない。俺が見方を教えてやろうか？　何、簡単だ。こうして、互いの唇を合わせて……」

雷火が笑顔で顔を近づけてきたので、啓介は右手を彼の顔に押しつけて「やめろ」と言った。

「これぐらい簡単だろうが」

「あんたは神様だろ！　人じゃない。そして俺と性別も一緒。全部ひっくるめて無理！」

「この国には古来から衆道（しゅどう）というものが存在していてだな、こう……念友（ねんゆう）として……」

「いやいやいや、言葉の意味は知らないが、ニュアンス的に理解した。あんたは綺麗でキラキラしてるけど、だからといってキスはできない。そして俺は、余計な物は見えなくていいし、感じたくもない。一人で風呂に入れなくなる」

　おそらく啓介にとって一番大事なのは、雷火とキスはできないということより、一人で風呂に入れなくなったら困る、だ。

「神格の白狐と唇を合わせせられるなんて、誉（ほま）れもいいところなのに、どうしてそこまで拒絶する。俺が傷つくぞ」

「あー……傷ついたなら悪かった。俺は一般庶民のままでいい。あんたの厚意は気持ちだけ受け取っておく」

「いきなり奥ゆかしくなったな。せっかくだから貰っておけ」

　雷火が笑顔を浮かべながら、啓介の両肩をがっちりと掴（つか）む。

　これは自分の明晰夢だから、自分のいいように動けるはずだと思ったのに、雷火から逃れることはできなかった。

「え？　ちょ、おいっ！　俺は、こんな得体のしれない生き物とキスをするわけにはっ！」

肩を強く掴まれたまま、唇を押しつけられる。

その途端、啓介の体の中に炭酸水のようなシュワッとした刺激が生じた。

何度か唇同士が重なり、舌先で舐められる。くすぐったくて顔を背けようとした瞬間に、今度は噛みつくように口づけられた。

「は……っ、ぅうっ」

文句を言おうと口を開けたのが良くなかった。

雷火の温かな舌が啓介の口腔に入り、くちゅくちゅと音を立てて中を愛撫する。

ああくそっ！　人じゃない生き物とキスしてるよ俺っ！　どんなに綺麗でも相手は男だろ！　いやいや狐だから雄だろ！　しかも神様とか言ってるし！

頭の中では雄弁だったが、それも束の間、唾液がしっかり混ざり合った頃には、啓介は顔を真っ赤にして体を震わせた。

体の中心が熱く猛って着物を押し上げているのが恥ずかしくて、慌てて両手で隠すが雷火にしっかり見られてしまった。

「童貞でもないのに初々しいな。ますます気に入った」

雷火は晴れやかな笑顔で、啓介の頭を撫で回す。

この状態で触らないで欲しかったが、何か言われるのが悔しくて、啓介は唇を噛んで黙った。

それよりもなによりも……雷火が眩しくて目を開けているのが辛い。この男はこんなに眩しかっただろうか。いや違う、キスをしたせいで余計な能力が身についた結果だ。

啓介は目を細めて、「眩しいからもう少し光を絞れ」と言った。

「そうか？　俺はそんなに光り輝いているか？　ふふん。まあ、当然だな。こんなに美しい白狐は俺以外いるわけがない」

雷火はうむと頷きながら、啓介に言われた通りに輝きを抑える。これでまともに相手の顔が見える。

「しかし、お前の体液は旨いな。童貞でもないのにここまで旨いとは驚きだ。お前が童貞の頃に出会っていればよかったと、俺は今、それだけを後悔している」

「……勝手に後悔してろ。俺にだって彼女の二人や三人はいたんだ」

「サバを読むな。一人だ。しかも、処女と童貞でよく致したもんだ。……ん？　待てよ、相手が処女だったからこそ、お前の体液は旨いままなのか。なるほど。お前は童貞と大して変わらん。よかったな！　啓介」

「童貞じゃねえって言ってんだろっ！」

握り締めた右手の拳は、気持ちよく雷火の左頬に命中した。

雷火は気持ちよく吹っ飛んで、襖の向こうに転がっていく。

「あああっ！　もうっ！　人の大事な思い出を勝手に暴くなっ！　失礼だぞっ！　あと、暴力を振るって申し訳ないっ！」

　動いた拍子に股間が擦れて、啓介はこれ以上動けない。

　だから、助けに行かずにその場で謝罪した。

「人間に殴られるなんて初めてだ。痛いが大したことはない。それよりもお前の体を……」

「俺の体が目当てなのかよ！」

「かもしれんっ！　神格を得るまで、俺は長い間修行をしてきた。それはもう、清く正しく美しい日々を過ごし続けた。修行の成果で尾が増えるたびに喜んだものよ！　そして、紆余曲折の末に神格を得て、愛らしい息子を得ることもできたっ！　つまり……禁欲を解禁したい！　そして俺の目の前には、旨いお前。神と同衾できる誉れをだな！」

「夢でもそんなものはいらんわーっ！」

　啓介は、こちらに向かって飛び掛かってくる雷火に怒鳴った。

「夢ならすぐに醒めろっ！」

　頭を撫でられるのは気持ちがいいし好きだ。キスも、一度ぐらいなら我慢してやる。何せこれは「夢」だし。だが、たとえ夢でも、同性同士でセックスはしたくない。何がどうなるのかさっぱり分からない行為は、どんなことをしても阻止したい。

「落ち着け。怖がるな。……そうだな、夢の中の出来事なのだから、お前が苦痛を感じることはあるまい？　快感の海に溺れて、ひととき楽しめばいい。俺も楽しむ」

上から押さえつけられ、両手は動かせない。

「か、神様が……無理矢理……」

「無理矢理ではない。夢を楽しめ」

目の前の雷火がキラキラと光って見える。眩しくはなく、まるで小さな火花が散っているようだ。

……と、思ったら、本当に火花が散っていた。

色とりどりの火花が飛び散り、白銀の雷火を色付かせている。悔しいが綺麗以外の言葉が浮かんでこない。

「神様だから、できることなのか？」

「俺は炎と雷を使う。この火花は、久し振りの禁欲解禁が嬉しくて弾けてる。恥ずかしながら、抑えることができない」

「抑えろよっ！　神様なら抑えろ！」

「今は無理だ。ほら、口を開けろ。お前の唇が心地いいから、俺は触れたいし舐めたいし、甘噛みもしたい」

微笑みながら言われて、顔を赤くする自分はどうにかしている。さっきキスをしたせいだ。絶対にそれだ。これも余計な能力だ。

啓介は「くっそ」と低く悪態をつくが、もう抵抗はしない。その代わり、大人しく従うこともしなかった。

「強情なのは、嫌いじゃない」

雷火の指先が唇に触れ、頬に触れ、耳の後ろを撫でられる。

猫をあやすような動きなのに、撫でられただけで股間が瞬く間に熱を持ち、さっきとは比べものにならないくらい硬く勃起した。

「っっ！　ん……っ、ぅ、あ、あっ！」

雷火の唇が啓介の唇に触れる。ねっとりと舐められて、再び唾液を混ざり合わせた。呼吸が苦しくなったので、こくりと二人分の唾液を飲み込んだら、雷火が嬉しそうに目を細めて笑った。

「なんだよっ、これ……っ、俺の体……変だっ」

喉が熱い。体の中が熱く滾り、じわじわと快感の波が押し寄せてくる。内臓を直に愛撫されているように激しいのに、苦痛がまったくない。それが怖い。よすぎて怖い。

「大丈夫だ。夢なんだから夢らしく、もっと大胆に善がれ。夢の中で、恥ずかしいことなど一つもない。……いい体をしているな。肌も滑らかで、ほどよい弾力があって、多少の無理もできそうな体だ」

「この狐っ、変態っ、ああもうっ！　触るなら、ちゃんとっ、ちゃんと触れよぉっ！」

着物の合わせの中に雷火の手が入って撫で回す。

乳首に触れると、感触を確かめるようにつまみ、引っ張っては押し潰すを繰り返した。こんな場所が感じるはずなかったのに、啓介は今、小さな声を上げてひくひくと腰を揺らした。

「俺の腕の中で善がるお前を見るのは、最高に気分がいい。高揚する」

「そんなことっ、わざわざ、言うな……っ」

悪態をついても体は雷火の思うままで、帯を解かれ着物の合わせを左右に大きくはだけられても、啓介は抵抗できずに熱い吐息を吐く。

着物の下は全裸で、体を隠す物は何もない。勃起した陰茎はさっきから先走りを溢れさせて、根本や体毛まで濡らしていた。乳首も愛撫されて硬くぷっくりと膨らんでいる。

「夢なんだから、俺の思うとおりしろよ。ちゃんと触れ。俺、もう、我慢できない」

自分で陰茎を握り締めて何度か扱いてみるが、思ったように快感が得られなくて悔しい。

「自分じゃ……イけ、ないっ」

「俺の指のよさを知ってしまったら、もう手遊びでは気をやることはできないからな。そうやって身悶える姿もなかなか愛らしいぞ」

そう言いながら、雷火の指が啓介の陰茎をそっとなぞった。

人差し指で上下になぞられているだけなのに、啓介は腰を浮かして「あっあっあ」と切ない声を上げる。

「いい反応だ。体だけでなく声もいい。ああ、たまらないな。早く食いたい」

「イかせ、てくれっ、イかせて……っ、焦らさないで」

ゆるゆると裏筋をなぞられるだけでは快感しかない。射精の解放感が伴わなければ、それはもう甘い拷問だ。

自分では射精の快感を味わえないと知ってしまったら、相手に頼むしかない。悔しいけれど、その悔しささえ、背徳的な快感へと変わる。

陰茎を悪戯されて、ただ身悶えることしかできない自分に酷く興奮する。

「雷火……っ、頼むから……」

イかせてくれと泣いたことなど一度もない。そもそも、そんな立場になったことなどない。

啓介は涙目で雷火を見上げる。

「なんていい顔をするんだろう、啓介。愛らしい。最高に愛らしいぞ。俺の指で弄ばれたいのか？　そうだな、まずは指でいいだろう。お前が、気をやるときの表情が見たい」

「は、あっ、あっあっあっ、そんなん、見るなっ、だめっ、ああっ、ちんこ溶ける……っ」

雷火の右手の指だけで絶頂へと追い詰められる。

先走りでたっぷりと濡れた鈴口を、指の腹で延々と擦られ、裏筋をくすぐられる。こんな風に愛撫されたのは初めてで、最初は腰を浮かせていた啓介も、そのうち「もうだめ」と、腰を捩って逃げ始めた。

「だめだっ、だめっ、違うの出るっ、精液じゃないのも出るっ。だめだって、もう、だめっ、出るっ、漏れる……っ！」

　射精する姿を見下ろされた。顔も見られた。きっと情けない顔をしていたに違いない。恥ずかしくて涙が零れた。

「やはり俺は稚児よりも啓介のように成人した男子の方がいいと再確認した。いい反応は成人しているからだな。最高だった。そして、体液も旨い。もっと舐めさせろ」

　いきなり下腹に顔を埋められて、啓介は「うおぉあっ！」と野太い声が出てしまった。なのに雷火は気にすることなく、啓介の精液を舌で丁寧に舐め、鈴口に唇を押し当てて強く吸った。

「んっ、んん」

　きゅっと強く吸われると背筋がゾクゾクするほど気持ちがいい。

「旨い。なんだろうな、ありがたみがある。それに、桃色で可愛い」

　やめろ馬鹿と言いたかったが、鈴口にキスをされたり舌先を入れられてくすぐられると、快感が勝って何も言えなくなる。

　自分はこんなにも快感に弱かったのかと愕然とするほど、啓介は雷火が舐めやすいように足を大きく広げた。

　射精したあとの陰茎は過敏なので、自分でも触る時は慎重だった。なのに今は、雷火の舌に好き勝手させて悦んでいるなんて。

だがその昂ぶりも、すぐに焦りへと変わる。尿意を感じたのだ。このままでは大変なことになる。夢の中だと分かっているからこそ、危ないと。この年で漏らしたくはない。というか、してはいけない。

「も、いい。いいからっ」

「ん？　中に入っている物を出してしまえばいい。俺に見せろ」

「嫌だ……っ、んなのっ、漏らすなんてっ、できるかっ」

すると雷火は顔を上げ、すっと目を細めて啓介を見た。

「羞恥にまみれながら快感に悶える姿を見せろ」

綺麗な顔でそんな酷いお願いをされたら、言うことを聞かなくちゃいけないような気持ちになる。見られながら漏らしてしまうなんて変態だ。なのに、どうしようもなく興奮する。

「だめ、なのに……っ、俺……っ、夢の中でも、漏らすなんて……っ」

さっきと同じように延々と鈴口を指の腹で擦られて、ひくひくと下腹が動く。

もう我慢できない。

「ほら、啓介」

雷火にキスされ、舌を絡めて唾液を混ぜ合う。

すると体の中から快感が沸き上がった。雷火の唾液はまるで媚薬だ。

「はっ、ぁあっ、雷火っ、俺っ、漏れる……っ、漏らすっ」

「そうだな。恥ずかしい顔を見せろよ？」

「あ、ああ……もうっ、出ちゃうよ……っ」

啓介は、雷火の指と狩衣を汚しながら失禁する。

温かな液体は啓介の股間や下半身も汚したが、雷火はまったく気にしない。

「最高の余興だった。さて啓介。これから俺をもっと楽しませてくれ。その代わりに、お前には果てしない快感を与えよう」

雷火に囁かれて、陰茎が硬さを取り戻す。

信じられないことだが、ほんの数秒前まで汚れていた場所はすっかり綺麗な畳敷きに戻り、しかも目の前には高級そうな布団まであった。

「は、はい……？」

「だから、これは夢なのだから、啓介は素直に快感に浸っていろ。目覚めて覚えているのは、神棚のことだけでいい」

「この上、まだ何かするのか？　俺はもう、ギブです。神様の精力に負けました」

「俺の禁欲解禁は、こんなものでは終わらない。お前は旨いのだから、最後まで付き合ってもらう。リクエストには応えてやるぞ？　それとも、俺の知っている限りの体位を順番にこなしていこうか？　お前は、体は固いか？」

「は？　健康と料理を作るために、ストレッチは毎日欠かさない！」

「それはよかった」

「というか、体位ってなんだよ！」

正常位とバック、騎乗位以外の体位なんて、そんなのフィクションの中だけだ。

そう信じて疑わない啓介に、雷火が「いいな、その初心なところ」と深く頷いた。

雷火が軽く手を叩くと、暗くなり、あんどんの明かりだけになった。

いい香油を使っているのか、爽やかな甘さの花の匂いがする。

と、視線を雷火に戻したら、彼は全裸だった。いつ脱いだと突っ込みたかったが、これは夢だから何もかも思ったことが瞬間に成されるのだ。きっとそうだ。

筋張って均整の取れた体躯に、長い白銀の髪がまとわりついている。

「尻尾は？」と言ったら「少し間抜けだから隠してる」と言われた。

そして……さすがは神様と言おうか。デカい。何がとはいちいち言わない。とにかく啓介の感想はでかい、だった。しかもそれは、準備万端整っている。

「もしや、それが俺のケツに……」

「察しがいいな。苦痛は感じないから安心しろ」

白狐様は腰に手を当て仁王立ちしたまま、偉そうに言った。

苦痛を感じないと言われても、物体が物体なだけに怖じ気づく。夢の中だと分かっていても、冷静に「尻に入れていいサイズかよ」と呟いてしまう。

「俺の禁欲解禁を受け入れろ。お前にはその資格がある」

「そんな資格はいらねえと、大声で言いたいが！　本来なら言って殴り飛ばして終わりにしたいが！　でも……その、俺は……ええと……すげえ、気持ちよかったし……俺ばかり気持ちいいってのも申し訳ないから……」

「では頼んだ」

だからといって、目の前に突然御柱がそびえ立っても何もできない。できるわけがない。

「えっと……し、扱けば……いいのかな？」

「好きにしていいぞ」

陰茎を掴んだところで、よしよしと頭を撫でられた。

「じゃあ……その、俺は初めてだから、下手くそだと思うんで、最初に謝っておく」

「むしろ上手かったら、誰に習ったと怒りが湧くから、それに関しては気にしなくていい」

そういうものなのか……と勝手に納得しながら、啓介は雷火の陰茎を扱いた。

サイズが立派なだけで、それ以外は人間と変わりない。

扱いているうちに雷火の匂いがどんどん強くなって、妙な気持ちになってきた。股間がムズムズして落ち着かないし、唇も何もしていないのにくすぐったい。

「どうした？　啓介。お前の好きにしていいぞ」

「好きにって……そんなっ、俺は、こんなことをするつもりなんて、これっぽっちも……」

甘い香りと雷火の匂いが混ざり合って、心地よくて胸が高鳴る。

雷火の陰茎を扱きながら、空いている左手で胸を撫で回してみた。雷火が触れたところをなぞると、それだけで腰がビクンと揺れる。気持ちいい。

「あ……」

「これは夢だから、お前が気持ちいいと思うことをやっていいんだぞ?」

頭を撫でられ、その指先で耳朶(みみたぶ)をくすぐられる。耳の中に指が入ると、思わず「あっ」と高い声が出た。

なんで耳なんかで感じるんだよと、恥ずかしくて泣きそうになったが、雷火は相変わらず優しく頭を撫でてくれる。

頭や耳を触られて、匂いで気持ちよくなって、もしかしたらできるんじゃないかとそんな気持ちになったので、啓介はとりあえず、雷火の陰茎を銜えてみた。

思っていたほど違和感はない。

きっと夢だから、味も旨いのだろう。スイーツのように旨いので、危うく歯を立ててしまうところだった。

神様の体は、人間とまったく変わらない外見なのに不思議だ。旨い。甘い。

啓介は一生懸命雷火の陰茎を舐め、唇で扱く。先走りが混じった唾液が唇の端から零れ落ちるが、拭う余裕はなかった。

いい匂いで旨くて、それでいて、どうしようもなく興奮する。啓介の陰茎はさっきから硬く勃起し、先走りで濡れていた。

「夢、すげえ、な……。旨くて、気持ちよくて、そんで……俺もヤバイ」

「俺もだ。お前の口の中は熱くて柔らかくて、最高に心地いい。次に進もうと思うが、何かリクエストは？　最初は触手を出すよりも己の一物で勝負したい」

「へ？」

「書店に売っている春画の露骨さは凄いな。だが、いい勉強になった」

「いや俺は……普通というか、自分が、その、恥ずかしくない恰好で……。違う！　俺は何を言ってるんだっ！　触手ってなんだよ！　リクエストなんてねえよ！」

これ、寝言で何も言ってませんように！　そして今は夢、夢だ！　ここまで来たら、気持ちのいいことを追求して、スッキリ目覚めようじゃないか！

啓介は心の中で決意する。

「神様相手だから……ホモとかゲイとか、そういうのじゃないよな？　それに夢だし」

「俺に奉納されたと思えばいい。だから神棚をだな……」

「目が覚めても覚えていたらな」

「愛らしいのに、そうやって悪態をつく。だがまあ、そこもなかなか良い。お前が死んだら、俺の眷属（けんぞく）にするから覚えておけ」

まだ二十二年しか生きていないのに、いきなり死んだあとのことを言われても困る。

啓介はきっちり文句を言おうと口を開いたが、雷火にキスをされて布団に押し倒されてしまった。


俯せにされ、腰を高く突き出した恰好というものは、恥ずかしいどころの騒ぎじゃない。これが夢でなければ絶対にできない。しかも全裸で、自分でさえ見たことのない場所を晒している。会陰から後孔を指の腹で押すようにして撫でられると、勝手に足が開いた。

気持ちよすぎて、ドンドン体が勝手に動く。

夢だからいいが、でも、こんな夢を見続けていたら現実世界にも影響がありそうだ。自慰で射精できないのは辛い。

「あ、あ……っ」

ぬるりと、先走りと唾液で濡れた雷火の陰茎が、啓介の後孔に押し当てられる。

辛いことはないと言われても、こんな風に背後から押し当てられるのは怖い。思わず体に力を入れたら、雷火の左手で陰茎を扱かれた。

「は、ふっ、や、あっ、あ、っ」

「うん、愛らしい声だ。俺の禁欲解禁に相応しい。お前の処女を俺に奉納しろ」

「あっ、そんな……っ」

怖い、と口から出そうになったが、意地で堪える。

雷火の立派な陰茎は、啓介に一度の苦痛も与えない。

啓介はゆっくりと根本まで埋め込まれて、ようやく「はあ」と息を吐いた。

「夢の中で男にやられてしまった……でも夢だし、き、気持ち、いいし……」

あまり深く考えない。考えていたらキリがない。

雷火の両手に腰を掴まれ、ゆるゆると動かされる。苦痛はないが快感も今一つない。さっきまでが刺激的すぎて、今は物足りなかった。

だが雷火はすっかりお見通しのようだ。

「いきなり和合して、乱暴に動くわけがあるか。俺はそこまで『どえす』、『ドエス』？　んー違うな、発音が違う。ええと……『どS』だ。そう、ドSではない。ただ、お前が苛められたいというなら話は別だが？」

「この体勢で聞くことかよっ！　ただ苛められるのが好きなヤツなんていねえよっ！　どうせなら、めちゃくちゃ優しく苛められたい、だろっ！　そうされたいに決まってんだろっ！　あと、夢とはいえ初めてなんだからっ！　俺の処女を大事に使え！」

現実世界では絶対に言えないパワーワードが、次から次へと啓介の口から飛び出す。

「意外なところで啓介の性癖を知ったな。普段は強気で押しが強いが、閨房ではこうもがらりと変わるのか」

「え……いや、俺は別に自分の性癖なんか言ってないし！　夢だから何を言っても大丈夫なんだよ！　これは俺の夢の中なんだからっ！　たまにはおかしな夢も見る！」

「わかったから、そんなに大声を出すな。お前が声を出すたびに、俺の一物が中で締め付けられる。禁欲解禁なのに、堪能せずして気をやるなんて勿体ないだろう？」

「知るかよそんなの！……早くすませろ。そして寝かせろ。俺は明日も仕事なんだから！」

「一度で終わるはずがないということだけ、言っておくぞ？」

耳元で意地悪く笑われ、啓介はぞくりと体を震わせた。

最初はゆっくりだった雷火の動きが、徐々に速くなっていく。雷火の陰茎が当たる場所は声も出ないほど気持ち良くて、啓介は布団のシーツを両手で握り締めて過度の快感を堪えた。

「や、ぁ、だめ、だめだ……っ、俺は初めてなんだからっ、こんな凄いのっ、だめっ、も、当てるな、感じるところ当てないでっ、勝手に体がイくからっ、俺もうっ、さっきからっ、何度もイって……っ！」

ずん、と、深く突き上げられた啓介は、体を痙攣させて達した。半勃ちの陰茎からはさっきから精液が溢れている。

「ああ、お前は本当にいい味だな、啓介。素晴らしい奉納品だ。ここまで俺の好みに合うとは思わなかった。お前で禁欲を解禁できて俺は幸せ者だ」

暢気な声で嬉しそうに言われても、啓介にはそれに応える余裕がない。

突き上げられながら両方の胸を優しく揉まれると、胸の奥が切なくなってもっと激しくして欲しくなるし、陰嚢(いんのう)だけを執拗(しつよう)に弄ぶのは失禁しそうになるからやめてほしい。

「俺っ、奉納されてねえしっ！　あ、あっ、やだっ、乳首っ！　それだめっ！　あんま、意地悪すんなよ……っ、もっ、俺、切ないっ」

ひたすら優しく乳首の先端を爪でくすぐられて、啓介はいやいやと首を振りながら腰を揺らす。

「気持ちがいいのは好きだろう？」

「よすぎて……っ、俺っ、だめ……っ」

啓介はがくりと頭を布団に突っ伏し、「乳首だけじゃイけねえ……っ」と言いながら、雷火の陰茎を締め上げる。

「そんなに切ないのか。愛らしい。お前のその悩ましい表情を見ていると、もっと可愛がってやりたくなる」

「あ、あっ、や、ぁっ、ああっ」

雷火が絶頂を目指して動き始めた。

啓介は逃げようにも腰を掴まれて逃げられず、初めてなのに中の刺激だけで果てしなく達した。最後は子供のように泣きじゃくり、善すぎて失禁してしまう。

　体の中が、キラキラと輝く熱い奔流に飲み込まれた。

　雷火の精液は啓介の腹の中に収まりきらず、後孔からとろとろと溢れ出る。その、ゆったりとした流れにさえ、啓介は感じて善がった。

「馬鹿やろう……また、漏らした……善すぎて漏らすなんて……最悪……っ」

「いくら汚しても構うものか。ここは夢の中だ。違うか？　啓介」

「そう、だった…………って、あああっ！　なんでまたデカくしてんだよっ！　もう禁欲解禁は済んだろっ！　このエロ狐！　綺麗な顔だからって許してやんねえ！」

「ひたすら修行に励んでいた白狐の欲望が、たった一度気をやったぐらいで収まるとでも思ったか！」

「威張るな！　お前本当に神様かよ！」

「稲荷は庶民派だからなっ！」

　偉そうに言われ、腰を引き戻される。

　なんなんだこいつ！　夢の中なのに、俺はヤリ殺されるのかよ！　奉納品はもっと大事に扱えっ！

　ああもう、こんな夢みたくないからさっさと醒めてくれ。

　啓介は心の中で念じながらも、雷火に体中を愛撫されてすぐに快感に夢中になった。

自分が今見ているのは天井のはずだが、どうしてこんなにキラキラと輝いているんだろう。金粉が舞っていて、なぜか爽やかでどことなく甘くて、とにかくいい匂いで部屋が満たされている。

いつも通り午前七時の目覚ましで起きた啓介は、低く呻きながら体を起こす。

ずいぶんと酷い夢を見たことを思い出して、両手で顔を覆った。

啓介は、なんで俺があのエロ狐とあんなことやこんなこと……と思いながら、立ち上がる。

隣の布団は綺麗に畳まれて、寝ているはずの雷火はどこにもいなかった。

いないが、小さな狐の影がいくつもあって、ぴょんぴょんと跳ねて可愛らしい。思わず手を伸ばして触ったら、溶けるようにして消えてしまった。

「あ、勿体ねえ……」

他の狐の影も、続けて消えていく。消える際に、綺麗な鈴の音が聞こえた。

「なんだ？　幻……？　でも、この匂いはなんなんだ？」

部屋を見渡すと、ぬいぐるみたちもキラキラと光っている。空中の埃が日光に反射して……

というものではなく、明らかに「何かを振りかけたような」キラキラ感だ。

「なんか、世界が輝いて見えるぞ？」

自分の台詞に小さく笑って、足元を見た。

啓介の左足首には、二人を繋いでいた紐だけが残されている。

「え？　待て。何をされても分かんないくらいぐっすり眠っていたっていうのか？　俺は。寝るまでは緊張していたのに」

布団の中で腕組みをしても仕方がない。身支度を整えて、ランチの下ごしらえをしなければ。

啓介はのっそりと立ち上がった。

布団を畳んで、床に軽く掃除機をかける。

次は着替えだ。長袖Tシャツを肘まで捲り、ゆったり目のデニムに足を通す。靴下は履かずに素足で階下に向かった。

何やら妙に体が軽い。家の中の空気が気持ちいい。爽やかないい香りがする。いつもこんなだっただろうかと首を傾げながら、階段を下りていく。

自分の部屋と同じように、家の至るところからキラキラと金粉のようなものが舞って、廊下に足裏を付けると清水の中を歩いているような気持ちよさがあった。

……昨日と何が変わった？　こんなに心地いい場所だったか？

啓介は相変わらず首を傾げながら「おはよう」と大きな声を出しながら洗面所へ行き、顔を洗ってうがいをする。そこで店のエプロンをつけて、茶の間に顔を出した。

そこには祖母の陽子だけでなく、ウカノさんもいた。もう一人、御倉食堂の常連であるモチノさんもいる。モチノさんはパステルとフリルが大好きな女性で、健康的なぽっちゃり美人だ。

確かに、昨日まではそう思っていた。

だが今の啓介には、二人の来客が眩しくて直視できない。しかも神々しさ故に、頭を垂れたくて仕方がなかった。これが、啓介が得てしまった不思議な能力だ。

それにしても、神様は凄い。オーラのように体から出ている光は後光でいいのだろうか。初日の出を見ているようなありがたみと清々しさがある。

これは理屈ではない。

どんなに信じたくなくても、信じさせてしまう存在がいるだけで、すべてが覆る。受け入れるしかない。なぜなら、そういう存在の前では、どんなに抗っても無意味なのだ。

それを肌でひしひしと感じた。

啓介は両手を合わせ、目を糸のように細くして「お二人ともどうしたんですか？」と声をかけるのが精一杯だ。

「あらあら、そんなに眩しかったかしら。だったら少し暗くならないと、モチノさん」

「そうね。はい、エコ照明」

ウカノさんとモチノさんは、にっこり笑って眩しさを抑えてくれた。これで糸目にならずにすむ。

「雷火さんから習ったのね？　啓介。お前が気づかないならずっとそのままでもいいと思っていたんだけど。ほら、お前って怖いものが苦手でしょう？」

陽子は啓介の湯飲みにお茶を注ぎながら笑う。

「いやそうだけど！　って、別に怖くないけどさ！　ばーちゃんは前から知ってたってこと？」

「そりゃそうよ。お前のばーちゃんは、不思議なものが見える人です。祓えないけど、私の料理を食べて成仏した霊は結構いるよ」

ばーちゃん、それは祓ってるといいます。凄いです……。

えへんと胸を張る祖母の横で、ウカノさんとモチノさんが穏やかな微笑みを浮かべていた。

「か、かーみーさーまー………」

啓介はそれだけ言って、二人の女性の前で正座をし、「へへー」と平伏した。

「そんなかしこまらないでちょうだい。確かに私たちは神だけど、啓介君のことは生まれた時から知っているのだし」

「そうそう。今まで通りに接してくれたら嬉しいわ。ところで、私たちを見てインスピレーションとか湧かない？　新作のスイーツが楽しみだわ」

ウカノさんこと宇迦之御魂神は、啓介をリラックスさせ、モチノさんこと保食神は可愛らしい仕草で、新作のスイーツをねだる。

啓介は二人の神様を不躾にもじっと見つめ、今度は小さく礼をした。

「ありがとうございます。では、今まで通りに、うちの常連さんとして接します。これからもよろしくお願いします」

「こちらこそよろしくね。啓介君は食べものをとても大事にしてくれるから、私たちはとても嬉しく思っています」

ウカノさんはそう言って、モチノさんと目を合わせて「ねー」と笑う。

「あの、では……雷火は……」

そこでようやく、啓介は昨夜の夢を全部思い出した。細部まではっきりと。思い出しただけで憤死する勢いというか、発禁もの、それどころではない、アンダーグラウンドでしか流通できないような、自分の性癖に関わる恥ずかしいことすべて。

顔が赤くなるのを必死に堪えながら、啓介は「雷火は神様、で、いいんですか？」と尋ねる。

「そうよ。もっと西にある稲荷神社の私の元で、ずいぶん長く修行したわ。お陰で立派なモフモフになったでしょう？　立派なモフモフは修行の年月と厳しさに比例するの。雷火ほど立派なモフモフは、ここ数千年、見てないわねえ？　モチノさん」

「ええウカノさん。あのモフモフは神。いろんな意味で神。最高のモフ。一房でいいから欲しいのに、いつも何かと理由を付けてくれないのよねえ。バッグチャームにしたいのに」

モチノさんのバッグは若い女性に大人気のブランドバッグで、本人もそのブランドがお気に入りだった。白いモフモフのバッグチャームがよく似合うだろうバッグの色はフューシャピンク。

「でも、彼がここに来たのはちょっと意外だったわ。ここには私やモチノさんだけでなく、様々な神が通ってきてるのよ？　私たちの間では結構有名なの。去年の、出雲の集まりの時に散々『私たちの口に合う、美味しいご飯屋さんがある』と自慢したら、みんな興味を示してくれたのよね」

出雲の集まりというのは、もしや、年に一度日本中の神様が集合するという、アレだろうか。そこで御倉食堂の話題が出たと……！

啓介は、どの神様が俺の作った料理を食べてくれたんだろうと思い、嬉しさや照れくささ、恐れ多さに戸惑った。あと、絶対に「ドヤ顔」をしていたと思うので、その点に関して釈明したい気持ちになった。

「私としては、啓介君のスイーツをもっと広めたいかなあ。今年、出雲に行く時にお土産用のスイーツを作ってくれない？　みんなで食べるから」

モチノさんのリクエストは、まさに「ありがたき幸せ」だ。啓介は「是非」と返事をして何度も頭を下げる。

そこに、息子の火嵐を抱っこした雷火が現れた。

やはり眩しくてキラキラしている。

そして、最初は分からなかったが、今は神々しさがあった。

息子の火嵐は、まだ何の生き物かは分からないが、人外であることは分かった。影がメレンゲのように白く艶やかだったので「よいもの」だと自分の頭のどこかが理解する。

「ちゃんと覚えているか？　神棚……」

「覚えてるっ！　あんた、本当に神様だったのかよっ！　だから社にこだわったのか！」

「社を建てるのか？　よくやったっ！」

「いやそれはねえ。勝手に社は建てらんねえって言っただろ」

するると雷火はその場にしゃがみ込み、息子を抱き締めながら「俺の奉納品が酷い」とわざとらしく落ち込んだ。

「あら雷火。社はまだ早いんじゃないの？　神棚でいいじゃない。可愛いじゃない神棚。社を持たない神達が狙っていたこの土地に居座れるんだから、神棚で充分でしょ。ねえ？」

モチノさんはそう言ってケラケラと笑うが、雷火は渋い表情を浮かべて沈黙した。

「まったく！　あなたたちは俺を笑いに朝っぱらからやってきたのか？」

「違うわ。火嵐を迎えに来たの。今日からうちの稲荷神社で修行を始めますから。お弁当はあとで持ってきてあげて。修行時間は朝八時から夕方五時まで。途中お昼休みとおやつ休憩がありますす。月曜日から金曜日までね。頑張れるかしら？　火嵐」

ウカノさんの優しい声に、火嵐はきりっと表情を引き締め「頑張ります！」と胸を張った。

「……お前さあ、なんか雰囲気変わった？　ずいぶんキラキラするんだけどさあ。なんか凄く縁起のいいもので包まれてる。前からそうだったけど、今はもっと包まれてる！　あ、啓介にはそういうのが見えないんだった。ごめんごめん。俺の世界でお前は光り輝いているぞ」

幼馴染み（おさななじみ）の大学生である入海永和（いりうみひさと）が、開店十五分前の御倉食堂に入ってきた途端、目を丸くしてそう言った。

調理の専門学校と美術大学とで進路は分かれたが、幼稚園からの親しい付き合いはまったく変わっていない。

短い髪にシンプルな定番の服、性格も基本さっぱりしている永和は、実は「見える人」だ。小学生の頃に初恋の少女に「永和くんの嘘つき！　妖精なんて見えないじゃない！」と大泣きされたことがトラウマで、今でも女性とちゃんと話ができない。

啓介は何も見えなかったが、永和が嘘をつくような人間ではないと知っていたので、彼がクラスで孤立しそうな時も、ずっと味方だった。

「らしいな。……けど俺も、お前のことがちゃんと見えてるぞ。お前もキラキラした粉を体に付けてるわ。すげえな。羽の生えた小さい人が飛び回ってるぞ。妖精か？　それ」

最後に永和が食堂に来たのが一昨日だったが、その時はこんなキラキラしていなかった。

永和が見ていた世界はこれかと、啓介にもようやく分かった。

それと同時に、今まで彼とこの世界を共有する人間がいなかったという孤独を、切なく思う。

「俺も、こうなったのは今朝からで、ちょっといろいろ混乱してるけど、永和は子供の頃から、ずっとこうだったのか。綺麗な世界だな、永和。お前は嘘つきなんかじゃない」

永和が嬉しそうに何度も頷き、目を細めて笑う。

「そう！　妖精！　これでお前にもようやく見せることができた！　な？　世界にはいろんなものがたくさんいるんだ。でも、見えない人間の方が多いから、真顔で言うと引かれる。だから俺は、イラストレーターとなって！　俺の見えるものを世界に発信したい！　そして成功したい！」

「おう、頑張れ。応援してる。出資は難しいが、弁当ならいつでも無料で作ってやるぞ」

「本当に……食事に関してはいつも感謝している。ありがとう。……で？　今日はなんで呼ばれたんだ？　俺」

彼は品出しカウンターに一番近い席に腰を下ろし（この席は永和の定位置だ）、ショルダーバッグを肩から下ろす。

「俺が作ったスイーツの絵をだな、描いてほしい。写真だと店の雰囲気に合わないんだよ」

「了解。大きさや枚数、カラーかモノクロでも見積もりが変わるからそれを教えて」

永和がバッグの中からスケッチブックを引っ張り出す。

啓介は「ありがとう」と言って、品出しカウンター下の引き出しから、何枚もの写真を取りだした。

「これ。全部で五枚ある。だから五枚お願いしたい。カラーで、大きさは……ハガキ大ぐらい。期限はお前に任せる。早ければ嬉しいけど、学生は勉強が仕事だからな！　そっちに支障が出たら大変だし」

「……啓介は相変わらず写真が下手だなー。なんだったら、俺が知りあいのカメラマンに頼んでやろうか？　先輩にもそっちの道に進んだ人もいるし、頼みやすいよ？」

「いや、俺は永和の絵のタッチが好きだから、永和に描いてもらいたい。模写みたいな感じでいつも申し訳ないと思ってる」

照れくさいがこれが本音だ。

すると永和が、いきなり啓介の両手をきゅっと握り締めた。

「俺、絶対に世界的に有名なイラストレーターになるから！　そしてインタビューで、俺の一番のファンは、親友で幼馴染みの啓介だって言うからな！　任せろ！　ランチより注文の入るスイーツ絵を描いてやる！」

するとと厨房から陽子が「あら、それはちょっと困るわー」と笑いながら言った。

「啓介の友人ならば、その親しさも認めよう」

さっきから今か今かと出番を待っていた雷火がようやく現れて、お茶の入った湯飲みを永和の前に置く。

「うっわ！　……え？　何これ？　おい！　なんだよ！　久し振りにびっくりした！　なんて綺麗なお狐様なんだっ！　うっわー！　創作意欲が湧くっ！　写真撮らせて！」

永和が瞳を輝かせて、携帯電話をジャケットのポケットから出し、雷火に向けた。

「ポーズのリクエストはないのか？」

「え？　じゃ、じゃあ……偉そうな感じで！　両手を組んで、『人間め……』みたいに見下ろすような感じで！」

ここで撮影会など勘弁してほしかったが、永和がこんなに喜んでいるところを見たのは初めてなので、啓介は何も言えずに見守った。

結果、永和は思う存分雷火の姿を携帯電話に収め、「このデータは俺の宝もの」と満足する。

「お前もなかなか面白い魂を持っているな。だから波長の合う者たちが守護しに来ている。お前の源は海の向こうにあるようだ」

「そんなことも……分かるんですか？　お狐様……」

「俺はただのお狐様ではなく、神様だからな！」

「あー……ここの土地は気の流れがいいし、キラキラした清々しくも尊いものに包まれているもんなあ。ようやくここに住まってくれる神様が来てよかったな！　啓介」

昨日までの自分なら「こいつは顔が良いだけの不審者だ」と文句を言えたのだが、いろんなものが見えるようになった今日では、「いや、押しかけ神様だから……」と語尾も弱くなる。

「はー……ただいまーっ！　伊藤青果店さんからキャベツ受け取ってきましたよー！　なんでうちの分の半分が、あっちの段ボールに入ってたのか、いまだに謎！」

ガラガラと台車を押しながら、高原が厨房奥からやってきた。

台車にはキャベツの入った箱が山積みになっている。

「あー、入海さんいらっしゃい！　今度一緒にデザインイベントに行きましょうねー！」

高原はそう言って手際よく厨房にキャベツを置き、エプロンをかけた。

「おう。今年は是非とも一緒に行こう。ところで高原君、啓介のことなんだけど」

「あ、はい。俺も今朝、めちゃくちゃ驚きましたよ。お狐様の御利益らしいんですけど、啓介さんはこれからしばらくは驚きの毎日なんじゃないかと」

そう言って、高原はあははーと暢気に笑う。

方向は微妙に違うが、互いに絵を描いているということを知ってから、高原と永和は急速に親しくなった。

啓介は、高原もまた「見える人」なので、そっち関係でも会話が広がったから、仲が良くなるのも早かったのだと思う。

「あー……そうかもね。ウカノさんたちとか」

「もう会ったぞ、永和。あの人たちは神様だった」

「ここいらの土地神様でもあるしな。そっか、もう会ったのか。いい柱たちだよな」

まったくだと、頷こうとしたその時。

「ほらほら！　昼の時間が始まるよっ！」

陽子が厨房から声を出し、永和は「今日の定食を一つ。大盛りで」と注文し、高原は「はい！」と返事をして、啓介は慌てて厨房に戻る。

そして雷火は、バイトの一人として偉そうに客を待った。


この時間、御倉食堂の客は営業途中のサラリーマンが大半を占める。それとは別に、口コミを読んでやってくる者も多い。

だが今日はちょっと違った。

なぜか、若い女性客が多い。それも「近所にお洒落なランチのお店ができたから来たわ」的な、妙にお洒落をした女性たちだ。

彼女たちは雷火をちらちらと見ては「ヤバイ」「凄い」「尊い」などとよく分からない言葉を発して頬を染めている。

「一晩で情報が伝わった感じですね。凄いな、最近の主婦は……」

「だが売り上げはいいだろう？　俺のお陰だな」

ため息をつく高原に、雷火は昨日よりキラキラしながら、何度も頷く。

サラリーマンたちはいつもと違う客層に驚いて、会計時に「今日、なんかあるの？」と話しかけてくるが、啓介は「雷火の顔のお陰で」なんて言いたくないので、「うちにも分からないですよ。どうしたんでしょうね」と笑顔で首を捻って見せた。

その一方、陽子は困っていた。

「客の回転が悪い。食べ終わってもお茶を飲みながら居座られると辛いわ……」

「じゃあ、俺が言いに行くよ」

コロッケとメンチカツをカラリと揚げ、キャベツとマカロニサラダが乗った皿に乗せたところで、啓介が言う。

「喧嘩しないでよ？」

「するかよ。そのメンチコロッケ定食、あとをよろしく」

店内は、黙々と定食を平らげるサラリーマン、雷火にアピールするようにはしゃいでいる主婦の集団、様々な角度で定食の写真を撮ってから箸を持つ客たちという、なかなかカオスな状態だ。

「どうした？　厨房はいいのか？」

お茶の入ったポットを持った雷火が、実は神様なのだと知ったら、みなどう思うだろうか。

……いや、その前に、雷火が神だと信じるものはいないだろう。

「ああ。俺は、あの女性の集団に話があって」

「ああ、早く席を空けろと。ならば俺が行こう」

いや待て。あんたは「食べ終わったら他の客のために席を空けろ。さっさと出ろ」とか言いそうだから！　そんなことを言ったら、相手は怒るから！　ちょっと……っ！

啓介は頬を引きつらせ、何かあったらフォローできるように彼のあとに続く。

「申し訳ないが、食事が終わっているなら、他の客のために席を空けてくれないか？」

雷火が、グループのリーダーらしき一番はしゃいでいた女性の顔を覗き込むようにして、そう言った。

女性は顔を真っ赤にさせて「は、はいっ」と勢いよく立ち上がる。雷火は他の客にも「もういいだろう？」「また明日来ればいい」とそれぞれ声をかけた。声をかけられた女性たちの瞳は輝き、肌は艶やか、店に入ってきた時よりずいぶん若く見える。

アンチエイジングどころか若返りだろ。まったく神様ってヤツは……！

啓介は喜んでいいのか驚いていいのか分からないまま、「別々に会計して」と伝票を出した女性客のリーダーの艶々お肌を見た。

雷火目当ての女性客はまだ多そうだが、彼には一旦抜けてもらう。ウカノさんのところで修行中の火嵐に、弁当を持っていってもらうのだ。

子供が喜びそうな鶏の唐揚げに厚焼き卵、小さなソーセージに爪楊枝を刺して、それにホットケーキミックスを付けて揚げると一口サイズのフレンチドッグになる。ショートパスタのサラダにはコロコロに刻んだキュウリやハム、スイートコーンを入れた。ご飯は俵型のおにぎり。

それらを彩りよく弁当箱に入れて蓋を閉め、フォークと箸の両方を入れてランチバッグに入れた。小さなプラスチック容器にはカットしたパイナップルとリンゴを入れ、水筒には熱いお茶が入っている。完璧だ。

「なかなか器用なものだな。さすがは俺の世話役だ。死んだら魂の位を上げてやろう」

「死んだあとのことは別にいい。ほら、頑張ってる息子のところに弁当を届けてこい。もし、空を飛ぶなら見えないようにやってくれ」

「近いから普通に歩く」

「寄ってくる女性は無視しておけよ？　神様」

「俺の美しさなら仕方のないことだが、お前が言うなら無視しよう。愛らしいな。嫉妬か？安心しろ。俺の世話はお前だけにしかさせないから」

偉そうに微笑む雷火を、啓介は冷ややかに一瞥する。

「俺の愛らしい世話役は気むずかしい」

啓介はもう、返事をするのをやめた。

火嵐は毎日、ウカノさんのところへ修行に行っている。

先輩狐が何人もいるが、みな優しく接してくれていると言う。彼は一番小さいので、修行と言っても雑用が多いが、先輩たちの仕事の様子を見学することは許されているので、それはもう、帰宅のたびに興奮して「凄いんです！」と語った。

雷火は十年も前から働いているベテラン従業員のように、御倉食堂に溶け込み、常連客ともたちまち仲がよくなった。

「モデルをしてほしいんだが」と被写体として誘われることも少なくないが、あの顔あの笑顔で「申し訳ないな」と言って断っている。

「俺は啓介の傍にいたいだけなのだ」と言うたびに、女性客が黄色い悲鳴を上げて喜んでいるのが不思議でたまらないようだ。

男性客に至っては「まあ、綺麗だから許されるって言うのはあるしね」と、動じもしない。

啓介は、最初はこんなに続くとは思っていなかった。

どうせ「俺は神様だから」と言って、すぐに仕事を辞めてしまうと思っていた雷火が、毎日店に出ている姿を見て、気持ちが変わった。

俺の傍にいるとか、適当なことを言いやがってって思ってたのに、これじゃもう、あんたを叱れないよ。一緒に働いてくれる、いい神様じゃないか……。

そのせいか、仕事中でも雷火を目で追うことが増えた。

美しい所作に見惚れたり、振り返った雷火と目が合ったりすることも増えた。

それが、どうしようもなく腹立たしくて、恥ずかしくて、それでいて、心臓がドキドキする。

なぜなら雷火は、啓介と目が合うたびに胸の奥が締め付けられるような優しい笑みを浮かべるからだ。

雷火目当ての女性客が少し落ち着いて、やっといつもの食堂の雰囲気に戻ったと思った矢先。

高価なスーツを着た一人の青年が店に入ってきた。高価なと断言したのは、毎日いろんなサラリーマンを見てきて、布の質感や仕立ての違いを目が覚えたからだ。

「いらっしゃいませ。お好きな席にどうぞ」

高原が笑顔で接客した。

テーブル席やカウンター席は選び放題なのに、彼はなぜか、永和の斜め向かいに腰を下ろす。

四人掛けのテーブルなので混んでいる時の相席はありだ。しかし、一時半という一息つける時間帯、わざわざ相席をするのはおかしい。

啓介はカウンターの奥から客を観察し、「高いスーツを着た変態か？」と眉間に皺を寄せる。

高原も微妙な表情を浮かべたが、来客のためにお茶の入ったコップを置いた。

「啓介さん、今のお客さん……俺たちと同じです。『見える人』です。でもなんか、今までの経験から言って、この店によくないタイプ」

小走りで厨房に戻ってきた高原は、それだけ言って再び店内に戻る。

「店によくないタイプの見える人って……おい、ここで戦いが始まったらどうするんだ？　俺、目からビームとか出せねえ……」

「安心しなさい。ばーちゃんも出せないから。……まあ、何かあっても雷火に任せればいいんじゃない？」

「そういうことだ」

真剣な顔で食器を洗いながら、雷火が暢気に返事をする。

彼は布巾で濡れた手を拭き、ふうと息をついた。

「それできっと、万事解決よ」

そういえば祖母は、最初から雷火をすんなり受け入れていた。

「ばーちゃんも見える人、なんだろ？」

「まあね。でもね、見えるだけだよ。何もできない。だから、見えるからって偉くもなんともない。本当に偉い人ってのは、お前もよく見てるだろう？」

笑う祖母に、啓介はウカノさんたちを思い浮かべて「確かに」と頷く。

「お願いします！　単品でナスの味噌炒め。ライス、味噌汁です！」

高原は厨房に注文を通した。

「……明日来れば、今のメニューが日替わり定食になったのにな」

ナスと味噌の組み合わせは、神のレシピに等しい。ナスをたっぷりの油で炒め、そこに味噌と砂糖を入れてちゃっちゃと炒める。シンプルだが、甘塩っぱい味噌に絡めた油を吸ったナスが罪深いほど旨いのだ。

ご飯が何杯でも食べられるので、「ナスの味噌炒め」を注文した客には五十円プラスされるが「大盛りのご飯」を勧める。

そしてこの料理は、陽子の得意料理だ。

「よし。ばーちゃん頑張っちゃおう！」と、陽子が包丁を握り締めた時、高原が厨房に入ってきた。

「さっきのお客さんが、責任者と話がしたいと……」

「俺が行く」

啓介はエプロンで手をさっと拭くと、厨房から出た。

「御倉食堂の御倉啓介と言います。なんのご用件でしょうか」

高価なスーツに、威圧的な態度。端正だが、成功者故の傲慢さが垣間見える容姿。

そういうタイプの人間は、御倉食堂には来ない。来るとしたら、話は一つだ。

この土地の権利。

今まで数え切れないほど見てきた、「ある種のテンプレート」を前にして、啓介はうんざりした。

男は立ち上がって「私は天美世利と言います」と言って名刺を出してきた。

「ほう。……天美グループの、ホテル関係の責任者、さん。ということですか」

「はい。単刀直入に言いましょう。この土地を譲っていただけませんか？」

店内がざわつき、食事途中だった何人かのサラリーマンが立ち上がった。

彼らは御倉食堂の常連で、かつては天美と同じようにこの土地の譲渡を迫った。何度もここに通ってくるうちに、気がついたら仕事とは関係なく食事をするようになっていたのだ。

その彼らが「ここがなくなるなんてありえない」「やめておけ」「天美グループでもムリムリ」と、店を応援するように野次を飛ばしてくる。

「そんなに有名な会社なんですか？」

「ええまあ」

そして彼は、啓介がよく知っている施設の名前を幾つも口にした。

「ですから、安心して私どもに任せていただければ、と」

「無理です。食事をしたらお引き取りください。この土地は先祖代々譲り受けてきた大事な土地です。絶対に売りません」

「今日は挨拶に参っただけですので、すぐにお返事を頂けるとは思っていません」

真顔の啓介に対し、天美はあくまで柔らかな物腰を崩さずに笑顔で対応する。

どこの会社の連中も、最初はみんなこうだ。そのうちなぜか店の常連になる。そうでない連中は、二回ほど通ってそれ以降は来ない。

「そうですか。では、好きなだけ通ってください」

「はい。……ところで、このスイーツはデザートにあるんですか？　さっきからずっと気になっていたのですが。とても可愛らしくて旨そうだ」

天美は「失礼」と言って、永和が写真を見ながら描いていたスイーツのイラストを指さす。

「い、今、あるのは……シュークリームだけです、けど」

「では、それもお願いします。私はスイーツが大好きなんです」

さっきまでは「さっさと出て行け二度と来るなモード」だったのに、甘い物の話をされたら

「ちょっといい人かも」と思ってしまった。

啓介は、自分がチョロすぎるのは分かっていたが、定食屋で菓子の話ができるのは嬉しい。そうしたらなぜか、他のサラリーマンも「俺もシュークリームください」「手作りだよね？俺も」と手を上げて注文し始めた。

いつもは「よかったらどうぞ」と無料で振る舞っていたものに、値が付くのはとても嬉しい。

「ええと、あと何個あったかな……」

残ったら勿体ないからと、量はあまり作っていない。すると祖母が「七つあるよ」と大声で教えてくれた。


「俺の描いた絵、そんなに旨そうに見えたんですか？」

永和は、斜め向かいに腰を下ろしている天美に尋ねた。

「ええ。その絵のタッチ、私は好きですし。愛が籠もっているのがわかった。だからきっと旨いんだろうと思ったんです」

「……そうですか。けど俺、あいつほど単純じゃないんで。啓介を泣かすヤツは、たとえ神でも許さない」

永和の淡々とした口調と裏腹の言葉の強さに、天美は一瞬目を丸くする。

「面白いたとえをするね、君は。それにここは、聞いていた話の何百倍も居心地がいい。君が従えているのは妖精かい？　美しくて、悪戯好きで、いざという時は役に立つ。良いものを飼っているね」

「飼う？　そういう考え方ですか。なるほど。俺はあんたとは相容れないようだ」

「そう言わずに仲良くしようよ。さっき私のオーダーを取った店員さんも、君と同じなんだろう？　やはり、そういうタイプが集まりやすい場所でもあるんだ。いいね。凄くいい」

天美はにっこりと笑って永和を見るが、永和は眉間に皺を寄せて「キモい」と言った。

「まあ、何度もここに通うつもりでいるから、君とも何度も会うよ。今後ともよろしく」

「お待たせしました」

永和は何か言い返そうとしたが、天美の注文した料理が来たので仕方なく口を噤んだ。

「ばーちゃん、このシュークリームにいくらの値段を付ければいい？　五十円かな？　それとも百円？」

手作りのカスタードクリームと生クリームが入った、ぱりぱり生地のシュークリームを、皿に乗せてミントと粉砂糖で飾った。

　男性の拳ほどのサイズで、正直、大きい。

「お前、料理と違ってずいぶん弱気な値段じゃないか」

「だって、いつも無料で出してたものに値段が付くんだぞ？　ビビるだろ」

「飾りっ気がないが、五百円で行けるだろう」

　祖母より先に口を開いたのは雷火で、彼はなぜか偉そうに腕を組んでいる。

「五百円、だと……？　高すぎねえ？　強気すぎるだろっ！」

「ウカノさんのところで修行をしていた頃、その手の贈答品は山ほど見た。それを踏まえての値段設定だ」

「味見してないじゃないか」

「旨い物は、味見をしなくても分かる」

　どこからそんな自信が出てくるのか。むしろその自信が羨ましい。

　啓介は「俺のスイーツは旨いのか……」と照れ笑いを浮かべた。

　雷火がそう言ってくれるなら、きっとその通りなんだろうと啓介はそう思ったが、祖母は違ったようだ。

「雷火、甘やかしちゃだめだよ？　本当に旨いって分かるのかい？　優しい嘘はあとで大きな傷になるんだよ？」

ばーちゃん、それってなんかの歌のフレーズみたいだね。でもちょっと酷くない？

孫を思っての言動だろうが、すでに啓介はちょっと傷ついた。

「大丈夫だ。旨い。そして、この俺がスイーツを持って行けば完璧」

「俺のシュークリームは旨いって言ったのに！　あんたの添え物かよ……」

「違う。俺の方が添え物だ。お前は安心して見ていろ」

雷火はニヤリと笑ってから啓介の頭を優しく撫で、すべてのシュークリームを盆に載せて厨房を出た。

何をするのか、見届けてやろうじゃないか。

啓介は、手に付いたカスタードクリームを舐めながら「旨いじゃん」と呟いた。

「よくここまで仲良くなったものね。夜通し語り合ったりしてたの？」

そんなことない。語り明かしてなんかいない。ただ、普段なら絶対に見ない、ヤバい夢を見ただけだ。あれは夢で。だから、真実ではなくて。でも、俺の傍にいたいと言ったのは真実で。事実で、しっかりと俺の耳に聞こえていて……。

啓介は顔が熱くなるのを感じた。そこから先は今はまだ考えない。

雷火がシュークリームを持って現れた途端、注文したサラリーマンたちは「わーい、甘い物だー」と無邪気に喜んだが、天美は違った。

彼は座っていた椅子から滑り落ち、床に座り込んだまま大量の汗をかいている。

雷火は、高原を見て覚えた営業スマイルを振りまいてシュークリームを配り、最後に天美のテーブルにやってきた。

「どうぞ、お召し上がりください」

「あ……は、はい……なんで？　なんで……ここに……？　あなたが……？」

「ここが俺の住まいだ」

「しかしさっきまで、気配も何も……感じなかった」

「わざわざ人間に知らせるものではない。おいお前、俺の住処で勝手をしたら許さないぞ？」

「……は、はい」

天美は崩れ落ちそうな体でようやく座り直し、スラックスのポケットからハンカチを出して顔を拭く。

「早くシュークリームを味わえ。俺の愛らしい世話係が、丹精込めて作った物だ」

「え？　愛らしい？　そんな可愛らしい子は……」

天美は首を傾げ、雷火の視線を追う。

そこには、心配そうにこちらを見ている啓介がいた。

彼は二度見し、向かいに座っている永和に意見を求めようとしたが、永和は両手で口を押さえ、笑いを堪えて話にならない。

「俺が、どうかしましたか？　シュークリーム……まずかったとか？」

渾身(こんしん)の作だと思ったんだけど……。

啓介は両手の拳を握り締め、謝罪のために心の準備をした。

「いや、これからです。シンプルでいいね。とても旨そうだ」

そして、啓介の見ている前で天美はシュークリームを一口食べる。

「ん？　いや、これは……カスタードクリームが旨いな。シュー生地もサクッとしてて食感が楽しい。ははは、いやいや、シュークリームならカスタードだろう。いいねこれは！　このカスタードクリームは、他の菓子にも使うと、とてもいいと思う。パイやタルトがいいね。今度作ってくれないか？　定食のデザートとして食べたい。さっき食べたナスの味噌炒めも最高だった」

天美は喋(しゃべ)りながら器用に食べ終え、昼食の感想で締める。

それには、シュークリームを注文した全員が深く頷いた。

なんということだろう、ありがたい。でもつい、確かめたくなる。

「本当に、旨かった……ですか？」

「ああ。とても旨かったよ。予約をすれば明日また買える？」

「いや、いきなりで明日はちょっと……いや、大丈夫かな」

材料はまだ充分残っている。

啓介は「明日できます」と言った。

「わかった。では明日で。この大きさなら一つ五百円かな？　それとも六百円？　まずは金額を教えてくれ」

「一つ……二百円です」

かーみーさーまーっ！　倍以上の値段を言ってもらえました！　かーみーさーまーっ！

啓介は心の中で両手を合わせ、雷火に感謝した。

「え、安いね。じゃあ、十個予約する。明日のランチに取りに来るからよろしく頼む」

「え？　あ、ああ……はい。十個、分かりました。ありがとうございます」

「それでは、また明日、伺います」

天美は立ち上がると、テーブルに札を一枚置いて店を出る。

「ありがとうございました！」

高原と声を揃えて礼を言ったは良いが、まるで台風一過だ。

「啓介……おい、これ、ちょっと金額……」

永和が、天美が置いていった札を指さす。

そこには一万円が置いてあった。

「天美さんっ！　ちょっとっ！　お釣りっ！　お釣りを忘れないでくれっ！」

　ナスの味噌炒め税込み五百円。味噌汁は百円。大盛り飯が百五十円。そしてシュークリームが二百円。十個予約で二千円。トータル二千九百五十円。

　啓介は、七千五十円のお釣りを握り締め、大通りに向かう天美の背中を追いかけた。

「お釣りーっ！　あなたが車で来てなくて、本当に、よかった……」

「あー………」

　ようやく追いつき、汗を滴らせながらお釣りを渡すと、「お賽銭として置いていったんだけど」と笑われた。

「え……？　お賽銭？」

「だって、マーベラスでアメージングでゴージャスな……俺の語彙では語り尽くせないが、とにかく素晴らしいお狐様がいるだろう？　あの輝きは神の色だ」

「あー……はい。神様、ですね。でも、押しかけ神様だから御利益的にはどうだろう……」

　すると天美は首を左右に振って、「神社を建てさせてくれ」と言い出した。

「いや、簡単に作れないでしょ！」

「いやいや。自分の土地であれば、なんの許可も必要なく作れるんだよ。法人にするなら申請が必要だがね。立派な神様がいるから分霊の勧請はお願いしなくていい。ちゃんと鳥居を建てて、神社を作って、そこに祀らなくては！」

そうなんだ。神社って簡単に作れるんだ。知らなかった！　しかし、楽しそうに語りますが、その神様はうちの居候ですから。

啓介は首を左右に振りながら、心の中で突っ込みを入れる。

「あんな立派な神様がいる土地で仕事ができるなんて最高だな。外国人旅行客も、ジャパニーズ・トリイやジンジャを見て喜んでくれると思うよ」

「結局はそこかよ！」

「だから、御倉食堂をビルの一階にすればすべてが収まる」

「待てよ。話が壮大になってるぞ」

「あの土地ならば、絶対に成功するんだ。だから大丈夫。最初は半信半疑だったけど、本物を目の前にしたからね。では啓介君。また明日」

天美は爽やかな笑顔を見せて歩き出したが、突然足を止めて振り返り「お友だちの入海くんによろしく伝えてくれ！」と言った。

「……はあ？　なんであの人が永和の名字を知ってるんだ？　なんか話でもしたのか？　それとも、ただの変態なのか？」

啓介は、天美が軽やかに歩いて行く様をしばらく見つめていたが、まだ昼休憩になっていないことを思い出して、慌てて店に戻った。

「俺の言った通りだったな！　どうだっ！　啓介のスイーツは旨い！　だから俺に早く食べさせろ！」

「あら、啓介さんのスイーツが美味しいのは前から知ってたわよ。と言うか、雷火がここに居座るとはねえ。ここは本当に神狐と縁があるわねえ」

稲荷神社の祭神の一柱であるワクさんこと和久産巣日神が、娘の外見らしい華やかな着物姿で突っ込みを入れる。

「やっぱりワクさんも、ただの黒髪ツインテールの和風ゴシック美少女じゃなかったんですね。かーみーさーまー……」

啓介はギャンギャンうるさい雷火のために、冷蔵庫で冷やしておいたプリンを取り出した。

「そうよ。神様よ！　ところで、火嵐ちゃんのおやつがいつまで待っても来ないから、食べに来たわよっ！　ジャンケンに勝った私が引率で来たわよ！　大事な息子のおやつぐらい、ちゃんと用意しなさい！」

ぷんぷん怒るワクさんの横で、着物姿の火嵐がしょんぼりと頭を垂れている。

「父上はお仕事が忙しいから、忘れちゃっても仕方ないです。僕は、その、お腹空いてません。おやつは大丈夫です！　修行する時間がなくなって勿体ないし、だから……」

火嵐が言い切る前に、彼の腹の虫が鳴った。

啓介は雷火に渡そうとしたプリンを火嵐に渡す。

「ごめんな。弁当に午後のおやつも入れておけばよかったな。特別に、ホットケーキを焼いてやるな？　フワフワのホットケーキだ」

プリンの容器を両手で持った火嵐が、頬を染めて目を輝かせた。

「フワフワっ！　見たことがあります！　修行中でも食べていいですか？　ワク様！」

「いいよいいよ。火嵐は物覚えがよくて可愛いから、いっぱいお食べ」

「ありがとうございます！　あの、でも、ウカノ様とモチノ様にお土産は……」

するとワクさんは右手で顔を押さえ、「なんて可愛いの！　この子は！」と呻く。啓介たちも火嵐の健気さに胸をキュンとさせた。

雷火は「俺の息子だから可愛いに決まっている」と胸を張ったが、誰も聞いちゃいない。

「ウカノさんたちには、プリンを持っていってもらおうかな。火嵐にお願いしていいか？」

「はい！　僕が持っていきます！」

火嵐は元気よく返事をすると、雷火に駆け寄って「一緒に食べましょうね、父上」と微笑む。

すると今さっきまで偉そうにしていた雷火が、勢いよく火嵐を抱き締め、「俺の息子が世界一可愛い」と言った。

その場にいた全員、誰も異存はなかった。


永和は「夕方からバイトだから」と言って、帰っていった。

結局、天美の「入海君にもよろしく」という言葉は、永和には伝えなかった。なんとなく、伝えてはだめな予感がしたのだ。

元気よくバイト先に向かう永和の背を見送りながら、啓介はため息をつく。その横で、雷火が「お前の知己(ちき)は、よい魂を持っているな」と言った。

「まあな。それよか俺は、天美さんとやらが怖いな。今まで土地の譲渡を迫って来た連中とは、ちょっと違う。見える人ってのも厄介な気がする」

「ここはいずれ俺の社が建つ場所だ。勝手は許さない。何があろうと死守する」

「そうかよ」

「言っておくが」

雷火は啓介の頭にポンと右手を乗せ、よしよしと撫でながら「お前を守ることが一番だがな」と言った。

「俺は……この食堂とばーちゃんが、凄く大事だ」

「分かっている。だから俺は、お前が大事に思っているものも守ろう。神は嘘はつかんぞ？」

頭を撫でていた雷火の掌(てのひら)が、ゆっくりと移動して啓介の頬に押し当てられた。

「ほんと、かよ。俺が一番って……世話係とかに欲しいだけじゃなく？」

「俺の世話をするお前の不幸を、俺が許すとでも思うか？　啓介には、生涯幸福でいてもらわなくては困る。俺のためにな？」

囁くような優しい声に、啓介の顔が熱くなる。

お狐様の言葉に心がぐらぐらと揺れて、なんでも奉納したい気持ちになっていく。これは危ない。

「お、大きく出たな、お狐様」

「それだけの場所とお前なのだ。ここは。神にとっても人にとっても、最高に縁起のいい場所だ。こういう場所は各地に存在するが、手つかずでここまで大きなものは滅多にない。お前のような存在など皆無に近い」

近所の年寄りたちもよく「ここは縁起がいい場所」「気持ちのいい場所」と言っていたが、その時は大きな意味として捉えたことはなかった。

だが、神様である雷火が言ったことで、啓介の心の中で意味を持ち始める。

「そっか。だったらやっぱ、ビルにしたくねえな。今のままで長く存在してほしい」

「だが、ビルと鳥居が合体している神社もあるぞ？　あれはなかなか恰好良かった」

企業の自社ビルにはそういうものもある。

啓介は「見たことある。あれは不思議空間だよな」と言って笑った。

「ところで」

「なんだ？」

「俺のための神棚はいつ用意する？　あれは、俺の住まいを定めるためのものでもあるから、早く設置しろ」

押しかけ神様が、今度は神棚をねだる。

「今週の土曜日だ。店が休みの時に買いに行く」

「……長い」

「我慢しろ、お狐様」

「あと二日も住所不定のままか。俺は世界一気の毒な神だ」

わざとらしく落胆するが、構ったりしない。

「長い間修行してきたんなら、あと二日ぐらい待てるだろ」

神格を持つ人外なら、人間時間の一日や二日は瞬(まばた)きするほどの短い間だろう。

「仕方ないから我慢してやる。……ところで、『見える人』になった感想は？　俺がお前をそうしてやったのは、分かっているだろう？」

すっかり忘れていたのに、またいろいろと思い出してきた。なんてこった。

啓介は眉間に皺を寄せ「あれは夢だ」と言い切る。

「夢の中であり、現でもある。でなければ、お前は『見える人』にはならない」

抱き寄せられて唇を押しつけ合って、舌を絡めて、二人分の体液が混ざり合った。

あの時の感触が唇に蘇る。

啓介は「お、お告げだって夢の中だ。そういう類なんだ！　あんたが夢の中で、俺に、見える人になるように、あれこれしたから……っ」

「その方が、お前が楽だと思ったからだ。この土地のこの食堂には、八百万の神が通う。神を知っておいて損はない。お前は俺の世話係だからな」

「それ、あんたが勝手に言ってるだけだから。それに俺は別に世話なんてしてねえし」

「禁欲解禁は、まだ終わってないんだが？」

「は？」

思わず変な声をあげて、雷火から一歩離れる。

「よし。ちゃんと覚えていたか。あれは、凄まじい快感だったろう？　俺のためにこれからも尽くせよ」

「お、覚えてねえよっ！　あんなこととっ！　解禁の世話とか、夢とは言えまっぴらだ。さっさと恋人を探して、その相手と頑張ればいい。俺を巻き込むな」

　今度は雷火が「は？」と変な声をあげる。

「恋人だと？　なんだそれは。神に必要なのは社と信仰と神職の人間だ。あと、供え物もな。旨い酒や立派な魚、肉なんかもいいな！　とにかく、それだけでいい。俺が愛しいと思うのは息子の火嵐だけだ」

　なんだこいつ……っ！　新米神様のくせに！　偉そうにっ！　夢とは言え、俺のことを散々好き勝手した癖に、人のことを性欲処理の物みたいな言い方しやがって。さっきまでの俺の心のぐらつきを返せ！　あんたにいろんなものを奉納したくなった気持ちを返せよっ！

　神とはこんなにも理不尽なものなのかと、啓介は唇を噛みしめて雷火を睨む。

「ふふっ。まだたった二十二年しか生きていない、その生意気な顔は、なかなかに愛らしいと思うぞ、啓介」

　雷火が、唇の端を上げて意地悪く笑う。

　この顔は、神より獣に近い。しかし綺麗だ。

　そして悔しいことに、啓介は雷火の顔が嫌いではない。長時間の鑑賞に堪えられる外見だ。創作意欲が湧く。今度、狐の形のレアチーズケーキでも作ってみようか。そしたらまた、食べもしないうちに「これは旨いと分かる」と言ってくれるだろうか。

「どうした？　もう今夜の夢のことでも考えているのか？　そういうところは可愛らしい。清らかな魂のなせる業だ。……魂と言えば、高原は面白い魂の色をしている。ホログラムのようだ。だから傾く物が好きなのか？　過激な薄い本を出していると言っていた」

「それ、高原君の趣味だから。何事もなく大学を卒業して、普通の会社に入社して、趣味にお金をかけて生活したいんだって」

趣味に生きるっていい。俺は御倉食堂が職で趣味だな。頑張って日々腕を磨こう。

改めて誓い、きびすを返す。

啓介は、夕方の営業まで少し横になって休もうと思った。堪えきれずにあくびが出る。

雷火はあくびを貰いながら「添い寝をしてやろうか？」と言った。

「モフモフな添い寝？」

「お前が望むなら、特別に尻尾を出してもいいぞ」

心が揺れる。

モフモフ尻尾に埋もれて寝たら、さぞかしいい夢が……いや、夢など見ずに三秒でぐっすりに違いない。

「尻尾……どうすっかな……尻尾……。夢で触った時と同じ感触かどうか知りたいから、モフモフ出してくれ」

大義名分はできた。

啓介は、一足先に茶の間で昼寝をしている高原を一瞥し、その横で真剣にテレビのワイドショーを見ている祖母に「二階でちょっと寝てくる」と言った。

「尻尾だけじゃなく耳も出して。ちゃんと！　両方出して！」

「神使いが荒い……」

「新米の神様は大人しくしろ。神棚買ってやるんだから！」

「んー……そう言われると辛い」

ぽふんと、雷火の頭に狐の耳が生え、尻には大きなモフモフ尻尾が現れた。

「あああ……いい匂いがする。そして、見ているだけで柔らかいのが分かる毛皮……」

「お前は俺より耳と尻尾が大事なのか？」

「今はそうです。眠い。眠気が襲ってきた。俺は寝る」

布団を敷こうかと思ったが、モフモフの毛皮があるから別にいい。

「本体は狐なんだろう？」

目を閉じてモフモフを堪能しながら、啓介は尋ねる。

「ああ、そうだ。デカいぞ」

「俺が乗れる？　そのうち、本体も拝ませてくれ。きっとキラキラしていて綺麗だ。世話係なら、本体を見てもいいだろ？」

「そのうちな」

雷火の尻尾に乗るようにして、啓介はそのまま寝息を立て始めた。

「世話係なのに、俺より先に寝るとは……」

雷火は呆れ声を出しながら、啓介の頭を優しく撫でる。

息子以外の誰かの頭を撫でる機会が来るとは思っていなかったな、なかなかいい触り心地なのでやめるつもりはない。

「明日は俺にもシュークリームを食べさせろよ？　いいな？　今日は我慢してやったが、明日は我慢しないぞ？」

夜の営業前に、火嵐が帰宅した。

誇らしげな表情を浮かべているのは、修行を頑張っている証拠だろう。啓介は、彼の修行がなんであれ、これからも応援したいと思った。

「鍵と玉のどちらがいいと思いますか？　父上！」

「ウカノさんのところには、がっちり現役の狐がいたと思うが……」

「はい。僕の先輩です！　なのでいずれの話です。僕にはどっちが似合うかなと思って……」

えへへと笑う火嵐に、雷火は「俺は鍵だったので、お前は玉を持つといい」と提案する。

「玉！　落としたら割れそうでドキドキしますが、いずれ持てるように修行します！」

「良い子だ。さすがは俺の息子だ」

火嵐は雷火に頭を撫で繰り回されて、照れ笑いを浮かべている。

ああ、可愛い親子の光景。写真に収めたいくらいだ……と思っていたら、一部始終を見ていた高原が、携帯電話で写真を撮った。

「啓介さん、あとで送りますね。キュンキュンしますよ」

「ありがとう。頼んだ」

二人が顔を見合わせて親指を立てたところに、陽子が「はいはい、あと五分で夜の営業だよ」と柏手を打った。

澄んだ音が出るのは、本物の神様がいるからだ。

「あ、そうだ。啓介さん。柏手を打った時に音が響かずに沈んだ音が出ると、そこには怖い霊がいるそうですよ」

高原は「単なる噂ですけど……」と付け足そうとしたが、啓介がいきなり涙目になったので、「ごめんなさい冗談です」と頭を垂れた。

なのに雷火が「高原はよく知っているな」と言ったものだから、啓介は「マジかよっ！　一人で風呂に入れない！」と叫ぶ。

「俺が一緒に入ってやる。当然だろう、お前は大事な俺の世話係だ」

「それはもっと無理」

啓介は頬を引きつらせて首を左右に振り、何度か深呼吸をする。そして心の中で「これから仕事だ。集中しろ」と自分に言い聞かせた。

雷火目当ての女性客は多いが、以前ほどの騒ぎはない。

「やっぱり、美形って慣れるんですかね～」

空の皿をカウンターに下げながら、高原がしみじみ言う。

「最初は物珍しいからな。人間なんてそんなもんだ」

「うは。さすがは神様、悟ってる」

「それ、なんか違うからな。高原」

ケラケラ笑う高原に、雷火はさくっと突っ込みを入れた。

仕事帰りのサラリーマンが、「お兄さん、俺たちと飲もうよ～」と声をかけてくるが、雷火は「前に騒ぎすぎて怒られました。今日は気持ちだけ戴きます」とよい子のお返事をする。

サラリーマンたちは「そっか、残念」と言ってすんなり引き下がるが、女性客たちは「一緒に写真を撮ってくれますか？」と笑顔で迫ってきた。

「あの、そういうのはちょっと。料理の写真は撮ってＳＮＳにアップしても構いませんが、従業員の写真はＮＧです。すみません」

思案していた雷火の背後から、料理を運んできた啓介が笑顔で断った。

店の若旦那的立場の啓介に言われたら、引き下がるしかない。女性たちは「はーい」と肩を竦めて、小声で「また今度チャレンジしてみよう」と恐ろしいことを言った。

「空いている皿とグラスはさっさと下げろ。それと、お手ふきが汚れてるお客様には、新しいのを出してやって」

啓介は雷火に小声で指示し、自分は別のテーブルの皿を下げていく。

雷火が居座ってからというもの、じわじわ忙しいのは、やっぱ……商売繁盛が効いてるからか？　ありがたいけど、仕込みの量を考えないとな。

すでに売り切れの料理がいくつかある。

鶏肉は大丈夫だが、豚肉がそろそろ足りなくなりそうだ。今夜はなぜか豚肉の生姜焼きがよく出る。

ガラガラと店の引き戸を開けて、二人組のサラリーマンが入ってきた。

「いらっしゃいませ……」

元気よく挨拶しようとしたのだ。最初は確かにそう思った。

だが啓介の目に映ったのは、サラリーマン的なスーツを着た、何か得体の知れない者だった。

他の客のいる前なので、腰が抜けそうになるのを辛うじて堪える。本当なら「ギャー！」と悲鳴を上げたかった。

頭の部分に黒い靄がかかってユラユラと揺らめき、顎の部分から黒い汁のような物がぼたぼたと落ちている。手は真っ黒で、足も黒。靴を履いているようには到底見えない。

彼らは体から黒い汁を滴らせながら、高原が案内した席に腰掛け、「今日の夜定食を大盛りで」と言った。

「見える」のは、永和の傍にいる妖精や、キラキラしたお狐様、ウカノさんたちのような神様ばかりだと思った。美しくて清々しいものだけが見えるようになったと思い込んでいた。

……そうだよな。普通の人が見えないものが見えるって、こういうことでもあるんだよな。

黒い靄ばかりで顔が見えないサラリーマンたちは、落ち着いた途端に会社の悪口を言い始めた。

すると、口が開くたびに中から何かが零れ落ちる。凝視しないように観察していると、彼らの口から溢れ落ちているのは、小さな人だった。がりがりに痩せているくせに腹だけが膨らんで、ぎゃあぎゃあと喚きながら口から零れ落ちていく。

だが、床に落ちる前にみんな溶けるように消えた。テーブルに落ちた者も、動こうとするまえに消えていく。

面白いことに、さっきまで黒い靄がかかっていたサラリーマンたちの顔が、だんだん見えてきた。黒い汁も垂らさなくなった。

そして、料理がテーブルに並ぶ頃には、彼らの顔の靄は綺麗に消え、口から零れ落ちる者はなくなった。

啓介は目をパチパチと瞬かせ、両手に空の皿を持って厨房へ戻る。

「ばーちゃん、今、俺、すごいもんを見た」

そのまま洗い場に入り、溜まっている皿を洗い出す。

陽子は「何を見たの？」と言いながら、麻婆豆腐を作っている。

「どう見ても、人間としてヤバイ状態になっていたサラリーマンが、綺麗なサラリーマンになったんだ……」

両手は淡々と、シリコン製のスクレイパーで皿に残っていたソースを落とし、柔らかなスポンジでグラスを洗っていった。

「ああ……もしかして、体に付いた悪いものが消えていくところを見た？　あれ、凄いよね。洗剤のCMに使えるぐらい凄い」

「ばーちゃん……それは、確かに俺もちょっと思ったけど、不謹慎……」

啓介は小さく笑って、割り箸をまとめてゴミ箱に捨てる。

「ここの土地は、全自動超強力洗濯機でもあるのよ。とにかくなんでも綺麗にしちゃう。前に店に来た霊能力者の人が、私たちの仕事がなくなるから、この店のことは教えないって笑ってたくらいだもの」

霊能力者だなんて、本物よりも偽物の方が多い、この世でもっとも胡散臭い職業の一つじゃないか。でもその人は「本物」だったんだな……。

啓介は「ばーちゃん、変な数珠（じゅず）とか買わされなかった？」と真顔で尋ねた。

「ないない。……はいよっ。麻婆豆腐できました！　浅漬けも切ったから持ってって！」

「はーい」

高原が笑顔で料理を運び、入れ違いに雷火が空の皿を持ってくる。

「さっき面白いものを見た。改めて、この土地の凄さに感嘆した」

きっと自分と同じものを見たのだ。

啓介は「最初はびっくりしたけど、威力が凄かったよな」と頷く。

「あの客たちはまだまだいい方だな。見えないものが見えるようになると、恐ろしい目にも遭うだろう。気を付けろよ？　啓介」

「おいやめろ。俺が一人で風呂に入れなくなることを言うな、こら、狐」

「だから一緒に入ってやる」

「ガタイのいい男二人が一緒に入れるほど、うちの風呂は広くない。無理」

「つまり、広ければ俺と一緒に入ると言うわけか。そうか。照れ隠しだな。つんでれとか言うんだろう？　俺はドSだから問題ない」

「いったいどこで、そういういらない知識を仕入れてくるんだよ、お狐様。修行してたんじゃないのかよ」

洗い物をしながら文句を言うと、雷火が「夜の町を漂っていれば、いろいろな音が聞こえてくる。それを覚えていただけだ」と言い返した。

夜の繁華街をうろつく美形の親子なんて、高原あたりがとても喜びそうなシチュエーションだ。きっと、「滾る」「尊い」と言って、メモ帳に呪文のような設定を書くに違いない。

永和も「モデルにしたい！」と、目を輝かせるだろう。

「どこかに俺たちが住まうにいい場所はないかと、探し続けていたからな」

「会社のビルの屋上に小さい神社を作ってもらえばよかったのに。そういうのよくあるじゃないか」

「そうだな。だが俺は、そこは違うと思った。そう思ったら放浪するしかない。自分たちの住まいが見つかるまで、放浪は続く。神となった身でも、必ずしも住まいがあるとは限らない」

「それは新米の神様だから？」

「そうだ。……数百年、放浪した。俺に相応しい場所を見つけるために探し回った。長い長い間だ」

　雷火の声が、低く歌うように聞こえて来る。

　神様というのはみな、住むところがあるとばかり思っていたが、違うこともあるのか。

　誰からも手を合わせられることもなく、祀られないことがあったなんて。

　どのような経緯で火嵐を授かったかは知らないが、啓介は、雷火の傍に火嵐がいてくれてよかったなと思った。たった一人で何百年もなんて寂しすぎる。神様だってきっとそうだ。

「本当に、ここでよかったのか？」

「当然だろう？　よい土地だけでなく、お前がいる」

　雷火はそう言って無邪気に笑った。

「では啓介さん、俺、来週の火曜日まで休みを貰いますけど、何かあったらケータイに電話ください。それじゃなかったら、入海さんに連絡してあげて」

いつものように弁当と総菜を山ほど貰った高原は、今から子供を残して旅行に行く母親のように心配そうな顔で、啓介に何度も「困ったら連絡」と言った。

「大丈夫だって！　それとも、何か起きそうな予感でもあるの？」

「あー………まあ、妙な胸騒ぎがするというか」

高原が右手で胸を押さえて、困惑した表情を見せる。

「雷火がいるから平気だ。新人だけど、うちに居座る神様なんだ。居座る分の仕事をしてもらうから」

啓介は「安心して勉学に励め！」と高原の肩を叩く。

「この不敬者めが、啓介。だがしかし、俺がいる限り、この土地と啓介と陽子は絶対に安全だと思え」

雷火が腰に手を当てて威張った。

自信たっぷりに言うので、高原は思わず笑ってしまう。

「そうでした。神様がいたんだ。ウカノさんたちにもよろしく伝えてください。では、お疲れ様でした」

高原はそう言って、両手に総菜の入った袋を抱えて帰っていく。

「確かにウカノさんは立派な神だがー、俺の方が絶対に役に立つから敬え。スイーツを奉納しろ。西洋菓子的なスイーツ」

「俺がこれから作るのはシュークリームの中に入れるカスタードだ」

「味見をしてやる」

「味見は火嵐にしてもらう。父親は大人しく待っていろ」

するとと雷火は「俺は神様なのに……」と真顔で落ち込んだ。

雷火は深夜に目を覚まし、自分の左足を動かした。

紐で縛られているのが分かった。共に暮らし始めてずっとこれだ。

「こんなことをしても無駄なのに、それがまったく分からないところが馬鹿で愛らしいな」

ゆっくりと体を起こして一瞬で紐を解き、啓介の寝顔を覗き込む。

「人と言うには、魂の作りが少々違うんだがな、お前。己を知らないのか？　まあ、俺の傍に置くには充分すぎる」

よしよしと頭を撫でてやると、啓介が寝ながら「えへへ」と笑った。

その顔をしばらく見つめてから、ゆっくりと立ち上がる。

ぶんと首を左右に振って、本来の姿へと変化した。

火玉と雷を纏う巨大な白狐。

雷火は窓ガラスも壁も気にせず、するりと抜けて外に出る。

人間には見えない仕様で夜空に浮く。

月光に照らされた白狐は空を駆け、御倉家の敷地をゆっくりと見回った。

まだ神棚は用意されてないが、ここは自分の住まう場所なので「縄張りチェック」は大事だ。

雷火が御倉家に住んでいるという話は、人間界のネットの口コミとは比べものにならないくらい早く、「この世界」に知れ渡ったらしい。

わざわざ喧嘩をふっかけてくるものは誰もいない。

立派な尻尾をふさりと揺らし、御倉家の二階の屋根に静かに降りる。

「あら雷火じゃないの。こんな時間に土地の見張り？」

月光を背にして浮かび、楽しそうに笑うのは、ツインテールの美少女ワクさんだ。彼女は雷火の傍に着地して「いい月夜よね」と言った。

「そうだな。邪魔者も出てこない」

「以前は、ウカノさんやモチノさんと三柱で、ここを守っていたのよ。自分がここに居座ると名乗り出た神もいたけれど、今一つ相性が合わなかったというかなんというか……この土地の清々しさに負けてしまったわ。修行が足りなかったのね。だから私たちもおいそれと新しい神にここを紹介したくなかったの。神格をなくした子たちに恨まれたくなかったし」

ワクさんはレースのポシェットから可愛い包み紙のチョコレートを二つ出すと、一つを雷火に渡した。

「神なら、ここがどれだけ素晴らしくて、そして恐ろしい場所か分かっている。土地の清々しさに負けたら、神格を失ってしまうんですもの。妖も邪気を失ってしまう。けれど、人間はちょっと違うのよ」

「それは分かっている。啓介が頑張っているが、あれはまだ若すぎる。この世に生まれて二十二年だ。火嵐の半分も生きていない。見ていてたまにヒヤヒヤする」

白狐は両前脚を組んで、そこに顎を乗せた。ワクさんはそんな彼の脇腹に凭れて「いい毛皮」と笑う。

「魂が美しいから気に入った？」

「俺の世話係に丁度いい」

「あら、もっと可愛がってあげてると思ったのに。意外と冷たいのね雷火」

「なんだその、含みのある言い方は。たとえワクさんでも、事と次第によっては……」

「まあね、人間の寿命は短いから、死んだあとに考えればいいんじゃない？　どうせあの子の魂を捕まえるんでしょ？」

ぴくりと、雷火の体が強ばった。

「あら、素直なのね。新人の神様だとそんなものかしら。……でもまあ、人間って面倒臭いわよね。そこが愛らしくもあるんだけど」

ワクさんはぎゅっと雷火の毛皮を抱き締めてから、静かに立ち上がる。

「ここにサルちゃんがいたら、きっとお前の道も迷わず示してくれたわよ、雷火」

猿田彦神をサルちゃんと呼んで、ワクさんは屋根を蹴って空に浮かんだ。

「もう少し見回ってから戻るわ。最近、何かと物騒なのよね。雷火も気を付けて。じゃあ、またね！」

「あなたも。見える人に発見されないように」

雷火は尻尾を何度か振って挨拶する。

新米の神だと、こうも「先輩方」に心配されるのか。

雷火は唸るように低く笑い、鼻先を夜空に向ける。

今夜はひときわ月が綺麗なせいか、御倉家の土地もいつもより力を感じる。

清くて爽やかで、なんとも言えない心地よさに、思わず大きなあくびが出た。

「この土地は、俺のものだ。人間は、俺の世話係」

啓介の怒った顔や笑顔、スイーツを作っている時の真剣な顔が脳裏に浮かんだが、わざと無視する。

人間はすぐに死んでしまうから世話係が丁度いいのだと、そう自分に言い含めた。


昨日シュークリームを十個も予約した天美は、ランチの営業時間が終わる五分前の、店内には誰もいなくなったころに御倉食堂にやってきた。

忙しい時間帯をずらして来てくれたのはありがたい。

「ありがとう。楽しみにしていたんだ。……ところで、昨日、絵を描いていた子はいる？ちょっとした仕事を頼みたいなと思って」

天美は笑顔でシュークリームの入った箱を受け取り、店内を見渡した。

啓介は「あんたな」と言いかけてやめる。

相手は大企業に勤めている。しかもグループ名と同じ名字持ち。きっと親戚で、将来はグループの重要ポストに就くかもしれない。

将来は世界的クリエイターを目指している永和にとって、大企業の間にコネクションができることは素晴らしいに違いない。

それに天美も見える人だから、見える人にしか分からない苦労話や愚痴を言い合うこともできるだろう。啓介は小さく息を整えて、天美を見る。

「……たとえば、この土地を売らなければ永和が大変な目に遭うというコトをされても、俺とばーちゃんはこの土地を売りません。……そうなったら永和には恨まれるかもしれない。でも、子供の頃からずっと一緒にいたから、きっといつか分かってくれるはずだ。それでもいいなら、あいつの連絡先を教えます。本当にあいつと仕事をしてくれるならな……！」

天美は目をまん丸にして、しばし固まった。

「えっと……」

「な、なんだよっ」

「ドラマかマンガの見すぎかな。なんで私が、そんな寝覚めの悪そうなことをしなくちゃならないの。もっとこう、クリーンに行きましょう。ワールドワイドウェブな昨今、どこで叩かれて炎上するか分かったもんじゃない。余計な埃は付けない主義なんだよ、私は」

カッと、啓介の顔が真っ赤になった。

自分の思考の幼稚さを指摘されるのが、こんなに恥ずかしいとは思わなかった。

「お、俺は……っ、永和に何かあっても、この土地を守っていく、覚悟を……っ」

「うんそうだね。そういうのは、結構伝わってくるよ」

恥ずかしくて泣きそうになる。でも、引き下がりたくない。

だが。

「俺の世話係を泣かして楽しいか、人間」

　今まで黙っていた雷火が、ため息をついて啓介の前に出る。

「俺は泣いてないっ！」

「泣いてるだろ。俺はこの土地に住まう神だ。その神が、世話係の面倒を見て何が悪い」

「俺は世話係じゃねえっての！」

「うるさい。黙れ。いいからそこで見ていろ」

　啓介は雷火に頭をぐりぐりと撫で回されて、文句を言うのを忘れた。

　乱暴に撫でているように見えて、実はとっても優しく撫でてくれたことに気づいたからだ。

　調子が狂う。悔しくて嬉しい。

「さて人間」

「天美世利です。名前を呼んでいただければ嬉しく思います」

「では天美。……確かに啓介はまだまだ子供で幼稚で、気に入らないことがあると手も出る足も出るが、俺の世話係だ。戯れでも馬鹿にするものじゃない」

　髪を後ろでポニーテールに結い、御倉食堂のエプロンにジーンズという恰好でも、神様だけあって雷火はキラキラと輝いていた。いや、今朝より輝いているような気がする。

　啓介は何度も目を擦って、雷火の背を見た。キラキラが増している。

「すみません。あまりに可愛いことを言うので、ついからかってしまいました。入海君に仕事をお願いしたいのは本当です」

あっけらかんと笑う天美に、啓介は耳まで赤くして「なんだよ、あんたはっ！」と大声を出した。

「この土地にビルを建てて、一階に御倉食堂を置いて、最上階に神様の神社を置く、というのではだめなんですか？　この土地なら、絶対に事業は成功します。うちの祖母がそう言っています。祖母も見える人で、占いもするんですよ。まず外れません」

「占い？」

「はい。御倉食堂を見てこいと言ったのは祖母で、最初は私は興味がありませんでした」

「俺を見て気が変わったか」

「はい。自己主張が強い神様がいるなら、ビルを建てても問題ないかなと」

笑顔の天美を見て、雷火がすっと目を細める。

「俺がここに住まう限り、ビルなどいらん」

「立派な神社を建てます。立派な鳥居も置きます」

「そうか。だがな……俺はこの店が好きなのだ。それに……」

雷火がそこで振り返って啓介を見た。

とろけるように微笑みを浮かべられて、啓介は耳まで赤くなる。なんで自分がこんなに赤くなるのか、理解したくないのに、心が勝手に理解していくのが悔しい。

「ここで働く啓介を見ていたい。俺の大事な世話係は、この店を愛してやまないのだ。そして俺は、世話係の幸福を願っている」

天美がどんな顔で自分を見ているのか分からないが、啓介は彼の顔を見る勇気がない。

今はとにかく、この恥ずかしさから逃れるように、両手で顔を覆った。

「俺は今のところは神棚さえあればいいと思っている。だからな、天美」

そこで雷火は一旦口を噤み、腕を伸ばして啓介を抱き寄せた。

「啓介が生きている間は諦めろ」

え？　今……何とおっしゃいましたか、神様。

啓介は赤い顔を見せ、「おい！」と雷火の胸を拳で叩く。

「痛いぞ」

「俺が生きている間ってなんだよ！　あんたは神様なんだから、俺が死んでもここを守れよ！　ずっとずっと守ってくれよ！　この土地の神様になるんだろ？」

「それで構わないのか？」

「神様なんだから、それくらいしろっ！　思う存分守れ！」

「よしっ！　俺に願ったな？　そこまで言われて首を横に振る理由もない。何もかも任せておけ！　お前の願いを叶えてやる。この俺が、未来永劫（えいごう）、この土地を守り続けてやる。お前の願いを叶えてやる。なぜなら、ここはたった今から俺の敷地となったたっ！」

なんということでしょう。

厨房から、祖母の「お前はほんと、売り言葉に買い言葉ー」という呆れ声が聞こえてきた。

確かにその通り。

面目もございませんとばかりに、啓介は再び両手で顔を覆ってため息をつく。

「私も、出直した方がいいですね。これは祖母の占いにも出てきませんでした。イレギュラーな出来事です。ところで啓介君、入海君は次はいつ店に来ますか？」

「……明日来ると思う。時間は、ランチが終わるギリギリぐらい」

納得のいかないまま願いを叶えられてしまった啓介は、ムッとした表情でそれだけ言った。


「そもそも、白狐の修行というものは、人間の願い事を選り分けることから始めます。もうね、みんながみんな、好き勝手なことを願うわけですよ。でもすべての願いを聞き入れたりしません。まずは、毎年きちんと参拝しているかどうかを確認します。参拝にも来ないお賽銭も入れない人間の願いなど、まず聞き入れません」

ウカノさんが笑顔で語る。

その前で着物姿の火嵐はきちんと正座をして頷いた。

「お願いする時だけお賽銭を入れる人間に関しては、んー……金額かしらねえ？　だって私たちは人間の生活に密着した神様だから。そういうところは、むしろ現金というか」

　モチノさんが「奉納も大事よ」と微笑む。

　火嵐は無言で頷いた。

「二度と神社に来るなっていう人間もいるわ。願いを叶えた翌年に、お礼をしない人間。これは最悪よ。ホント最悪。だからたまに祟るわ。夢枕に出て『礼ぐらい言いなさい。奉納しなさい』と延々と言ってあげるわ。だからお礼は大事なのよ」

　ワクさんがそう言いながら、みたらし団子とお茶を載せた盆を持ってやってきた。

　ここは稲荷神社の中にある、白狐たちの修行空間で、襖に障子に畳敷きという、純和風の空間だ。

「おやつの時間よ。今日のおやつは私が用意したわ。『伊勢や』のみたらし団子」

「ありがとうございます。……美味しそう！」

　火嵐は笑顔でワクさんに礼を言う。

「いいのよ火嵐。好きなだけ食べなさい」

　ツインテールのゴシック系美少女のワクさんは、最初は怖かったがすぐ慣れた。火嵐は彼女に頭を撫でてもらうのがとても好きだ。

「気持ちいいです」

「小さな子の頭を撫でるなんて久し振り。私も気持ちいいわ」

「僕の頭を撫でてくれるのは父上だけだったので、ちょっぴり照れくさいです」

火嵐は頬を染めて「えへへ」と笑う。

「なんなの、可愛すぎるわ。雷火の息子なのに可愛すぎるわ……」

ウカノさんは「こういうのを尊いっていうのよね、人間は」と言って、右手で目頭を押さえる。

「そういえば、頭を撫でられ慣れてない子が撫でられると、撫でた相手にときめくらしいのよ。気持ちはわからなくもない。私も麗しい柱(ひと)に撫でられたい」

モチノさんは自分の世界に入って楽しそうだ。

火嵐はニコニコしながら話を聞いていたが、ふと、雷火が啓介の頭を撫でている光景を思い出した。

「……啓介さんも、ときめいているのでしょうか。父上に頭を撫でられると、いつも挙動不審になります」

そのひと言に、三柱(にん)がぴたりと動きを止める。

しばらく止まる。

そして、咳払(せきばら)いをしながら「意外と見ているものね、子供というのは」と言いながら、ウカノさんが動き出す。

「うん、そうね。そうなんじゃない？　ときめき、そしてきらめき。いいわいいわ。大好きよこういうの。久し振りにこう、私たちの地区で神の色事が発生ね」

ウカノさんは両手を叩いて少女のように微笑んだ。


啓介はSNSで永和に連絡を取った。

茶の間でなく自分の部屋に戻って休憩しているのは、雷火と祖母に対して気恥ずかしいからだ。特に雷火には「絶対に部屋に来んな」と釘を刺している。

失敗シュークリームとお茶の盆を持って、部屋で寝転がった。

失敗して膨らまなかったシュー皮は不細工だが味に変わりはなく、カスタードクリームと生クリームを付けて食べると旨かった。

サク、とろ、サクサク、とろりと、平べったいシュー皮とクリームたちのハーモニーが、疲れた体に浸みていく。スイーツはいい。

自分の伝言に既読が付いたと思った次の瞬間、電話がかかってきた。

「びっくりしたぞ！　おい」

『いやいやいや、俺の方が驚いてる！　なんで俺が天美グループと仕事できるんだ？　いや嬉しいけど！　コンペがありそうで怖いけど！』

「永和が、試しに絵を描いてたじゃないか。それを見て天美って人が気に入ったんじゃないかと思う」

『あー……。最初はなんでここに座るんだ？　とか思ったけどな。俺の席が一番厨房に近かったからだしなあ』

厨房には啓介と祖母の陽子が常にいる。

天美は姿を見たかったのだろう。「見える人」だから何かを見たかったのかもしれない。

「話、良い方向に行くといいな」

『おう。……まあ、ヤバそうだと思ったら蹴るけど。それで啓介の方に何かトラブルが起きたらゴメンと、最初に謝っておく。お前なら分かってくれるよな？』

やっぱり永和は俺の親友でした。考えてること同じだ。

「うん。分かる。大丈夫だ。そしたら明日、頑張ってくれ」

『おう。じゃあな！』

元気よく返事をして通話が終わる。

永和に良い運が向きますように。

心からそう思いながら、失敗作を口に入れる。旨い。これはこれでありだ。シュー皮サンドとして売りに出せなくもない。

「……旨そうに食ってるな。俺にも食わせろ」

突然、背後から耳元に囁かれて、啓介は声も上げられないほど驚いた。

心臓が止まるかと思った。

勢いよく振り返ると、そこには大層綺麗な狐の神様がいる。

「来るなって言ったのに！」

「陽子は出かけてしまったし、俺一人で茶の間にいてもつまらないから、ここに来た」

「なんだよそれー」

啓介は呆れ声を出しながら、クリームの付いたシュー皮を雷火の口に押しつけた。

「奉納してやるから食えよ。あと、ここにいたいなら、余計なことは言わずに黙ってろ」

啓介は、自分の手から失敗スイーツを食べる雷火を見つめ「旨いか？」と尋ねた。

雷火は返事をする代わりに啓介の頭をヨシヨシと撫で回す。

「それ、しなくていいから。慣れてないんだよ、撫でられるの」

「そうか？　ならば、慣れるまで撫でてやろう。お前はまだほんの子供だからな」

確かに年齢的なものなら、お狐様とは比べものにならないほど若い。だが、人間の世界での啓介の扱いは成人男性だ。

「子供じゃねえよ」

「年上の人間にからかわれて泣いているうちは、まだまだ子供だろ」

「やっぱっ！　それを言うかっ！　死ぬ程恥ずかしかったのに！　思い出させるなよっ！　馬鹿っ！　しかもあんたに祈願とかするし！　本当に俺は何をやってんだよ……。あんたがいると調子が狂う」

助けてもらった相手に言う言葉じゃないのは重々承知だが、しかし雷火も勝手に啓介の願いを聞き入れちゃったりしたので、お互い様と思うことにした。

「共に長く暮らしていれば慣れる。だから、これにも慣れろ」

わしわしと両手で頭を撫でられるのは、本当は気持ちがいい。誰かがいるところだと恥ずかしいが、こうして二人きりなら気にしなくて済む。

「あんたほんと、撫でるの上手いな」

もっと撫でてくれと言いそうになって、内心焦った。そんな、まるで、触ってくれとおねだりするなんて、それは恋人同士のプレイだ。気持ちよくても、恋人でない限りそんなことは言えない。

雷火とのとんでもない行為も、あれは夢の中だったからできたのだ。

現実であんな恥ずかしいことなどできない。「長い付き合いで互いを分かっている恋人同士」の秘密のプレイだ。

恋人同士ならあれもこれもできるんだろうなと思ったら、ちょっと心臓がドキドキしてきた。

ああもう、俺って溜まってんのかな。ここんところオナってないし。こんな変なことばっかり考えてるよ。

「啓介、顔が赤い」

「……なんでもねえ。俺、一寝入りするから」

「待て待て。俺は今、お前の赤い顔を見て興奮した」

「はい？」

何を言ってるんだ？　この神様は……っ！

頭を撫でていた雷火の手が耳の後ろに回って、耳朶を撫でる。

それだけで、体が勝手に快感を拾った。

「う、ひ……っ、な、なんだよっ、今の……っ」

「たった一夜で、俺の禁欲解禁が収まったと思うか？　それに、お前の体液は旨いからもっと飲みたい」

アレは、夢の中の出来事だ。

雷火の性欲解禁に付き合わされて、何度も何度も交わった。啓介の知っているセックスとは違って、果てしなく興奮して感じまくった。しまいには自分から恥ずかしい言葉を連呼し、「イかせてくれ」と泣きながら善がった。

だがあれは夢だ。すべて夢の中の行為だ。現実じゃない。

あんな、脳が痺れるほど気持ちのいいことが現実だったら、啓介は目の前にいる綺麗な狐としかセックスできない。

「俺の世話係なんだから、俺の欲望を収めろ。何度も言わせるな」

彼の言う「世話係」という単語に引っかかる。セックスするなら恋人同士だ。ただの性欲処理なんて最悪。夢の中ならまだしも、この現実でそんな処理はできない。

「やっぱ、そういうのよくねえって。そんなこと、俺……無理。一度の夢だけだ。夢ならともかく、現実は無理。できるわけねえって！　俺、神様を恋人にしたことねえしっ！　年の差ありすぎるし！　あと同性だしっ！　あんた子持ちだし！　いや、火嵐は良い子で可愛いけどっ！　こんな障害尽くしの恋愛なんて、修行と同じだろっ！　だから……無理だ！」

目の前で雷火がぽかんとした顔をしている。

美形はそんな顔でも綺麗なんだと、啓介は感心した。

が、次の瞬間、雷火が小さく笑って「俺が、人間を恋人にするわけないだろうが」と言ったので、体から血の気が引いた。

「俺は神だぞ？　どうして神が人間と恋仲になる？　意味が分からない」

「いや、だって、俺は……セックスは恋人同士じゃないとしないし……」

もしかして自分は、何かを間違えたのだろうか。

啓介は視線を泳がせ、またしてもなにか失敗したのかと耳まで赤くなる。

「自分のお気に入りを侍らすのは神のたしなみでもあるし、世話係にもする。戯れもする。だがそこまでだ。色恋などいらん」

　真顔で言うことがそれか。

「お、俺は……っ、あんたの……」

　そうなのだ。相手は人間ではないから、啓介の道理など通じない。

　なんでこんな時に、雷火は神なのだと再確認しなければならないか。

「だったら、なんで……こんなに優しく、俺に触るんだよ……っ」

「だからお前は子供なのだ、啓介。俺の世話係ができるのだぞ？　何が不満だ？　なんでも望め。俺が叶えてやる。そして死んだら魂も召し抱えてやろう。最高の待遇だ」

「俺は人間だから……人間の道理で動くっ！　ふざけんなバーカっ！　偉そうに言ってるけど、ただのエロ狐じゃねえかっ！　馬鹿にすんなっ！」

　この距離なら頭突きの方が早い。

　啓介は渾身の頭突きを雷火に食らわせた。

　額に激痛が走る。

　馬鹿なことを言った自分への戒めと、馬鹿なことを言った雷火への制裁。神だろうが関係ない。雷火の言葉は人間にとって不誠実だ。

　雷火は両手で額を押さえ、無言で床に転がっている。

「ってぇ……。ったく、俺だって神様と恋愛なんかしたくねえよ。面倒くせえ。言ってみただけだよっ！　どんなに綺麗だって、優しくったたって……俺の傍にいたいって言ったくせに」

涙で視界が滲むのは、額が痛いだけじゃない。

自分の心の中にある、なんとも言えない不思議な感情が傷ついたからだ。

「……俺が勝手に傷ついてるだけだけど、なんか、モヤモヤする」

「俺は衝撃を受けた」

ようやく雷火が声を出す。

啓介は彼の顔も見ずに「そうかよ」と言った。

「啓介が、世話係以上のものを求めていたとは知らなかった」

「ふざけんなっ！　まだ性欲処理とか言うのかよっ！　それ無理っ！　あと俺は神様と恋愛なんてできねえしっ！　余計なものは求めてねえっ！」

「……だが俺は、啓介が世話をしてくれないと困る」

ごろりと寝転がったまま、雷火が言った。額に綺麗な赤丸が付いている。

「俺がここにいるから、ついでに世話係に使うんだろう？　ほんとに失礼なヤツだなっ！」

「そういうわけじゃないんだが……否定はしない」

「はあ？　しろよっ！　たとえ嘘だったとしても否定しろよっ！　そういう流れだろ、今！」

啓介は雷火の胸ぐらを掴んで引き起こし、前後に揺さぶった。

神様相手に乱暴はしたくない。これは本音だ。だがすでに頭突きをしてしまったのであとには引けない。

「だとすると……そうだな、まずは体で……」

「もういっぺん、頭突きされたいのかてめえ」

「啓介がどうしてほしいのか分からん。俺はお前を幸福にしたいのに」

「俺の頭を撫でるの、もうやめろ。あんたに撫でられても楽しくねえし」

「え？」

　雷火の困り顔が、明らかに不満顔になった。

「なんだよ」

「俺に頭を撫でられて気持ちよさそうにしていたくせに、楽しくないと？　よくもそんなことが言えるな」

「それは俺の勘違いだから、気にするな」

「お前の方こそ……」

　そこまで言って、雷火が黙った。啓介は彼からそっと手を離し「なんだよ。言えよ神様」と挑発する。

「お前の方こそ、俺を好いているのだろう？　だから愛だの恋だのを口にした。だから、俺に世話係と言われて怒ったんだ。人間は面倒臭いな。世話係の方が素晴らしいのに」

「はあーっ？　俺があんたのことを好き？　好きだって？　な、何言ってんだよっ！　男同士っていう前に、異種間恋愛じゃないかっ！」

啓介の頭の中に「鶴の恩返し」「天女の羽衣」「雪女」が浮かんだ。

しかも、どれもこれも悲恋だ。

「なんだか急に自分が可哀相になってきた……」

「だからもう、俺の世話係でいいじゃないか。生涯幸福にしてやる。そして死んでも大事にしてやるぞ？」

「うるせえ。俺は昼寝する」

神様を種族の中に入れていいか分からないが、そもそも種族が違うのだ。

思考が違う。取り巻く時間が違う。

啓介は押し入れから布団を引っ張り出して、その中に潜り込んだ。

「俺はなあ、啓介」

うるさい。俺は寝ている。もうぐっすり眠っているんだ。

啓介は、狐の前でたぬき寝入りを決め込んでいる。

「神格を得るための修行は、禁欲であった。そして余分な感情すべてをそぎ落とさなければならなかった。神になった今、そぎ落としたものを拾い集めた」

よしよしと頭を撫でられても無視する。

そもそも触るなと言ったのに触っているので、やはり啓介は無視を決める。

「最初に取り戻したのが肉欲なのは、お前も男であるなら分かるだろう？　お前や陽子を見ていれば慈悲は理解できた。人間が何を求めているか、食堂で一日働けばすぐに分かった」

雷火がため息をつく。

「だが愛や恋の情は、今一つ分からない。拾い集めてもしっくりこないものは仕方がない。ならばいっそ、お前が俺に教えればいい。お前は俺を好いているのだから」

待ってくれ。なんだそれっ！

啓介は勢いよく体を起こすと、「あんたのことなんか、好きじゃねえしっ！」と叫んだ。

とにかくこれは言っておかなければと思っての行動だが、そのあと、首まで真っ赤になってしまっていたたまれず、再び布団の中に潜り込む。

「啓介。俺は今のお前の行動を知っているぞ。つんでれめ。これはなかなか気持ちのいいものだな！　啓介、もう一回やってくれ。俺が好きならもう一回、今の愛らしい顔を見せろ」

雷火は何度も啓介にリクエストをしたが、啓介は石のように固くなったまま無言を貫いた。


永和は天美の仕事の内容に興味を引かれ、まずはいくつかのコンペに外部参加することになった。天美は永和以外にも数名の学生に声をかけていて、永和は彼らとも戦うことになるが、むしろ逆にやる気が出たという。

啓介ができるのは応援と弁当を作ることだけだが、精いっぱいしようと思う。

天美は「この土地をビルにしましょう」とまたしても言ったが、それはもう挨拶だと思うことにした。

そして今日。

御倉食堂が休みの土曜日。

啓介は雷火を伴ってホームセンターに来ていた。

長袖Tシャツとパーカにデニムの啓介。カーディガンとシャツに綿パンの雷火。火嵐は子供服だが啓介とお揃いだ。

大きな買い物をするには持って来いの、良い天気だ。

雷火は相変わらず女性たちの視線を一身に受けて、それが当然と涼しい顔をしている。

「本当にここに神棚があるのか？　造園用の土と肥やししか見えないが……」

「ばーちゃんが売ってるって言ってた」

「立派なものを用意しろよ？」

「……あの、父上。あそこに子猫がいるので見てきていいですか？」

火嵐は、併設されているペットショップを指さして、雷火を見上げる。

「見ているだけだぞ？　知らない人に声をかけられても付いていくな。何かあったら大声で俺か啓介を呼べ。いいか？」

「はい！　いってきます！」

火嵐はスキップをしながらペットショップへ向かった。

「あんたは子供扱いしているけど、火嵐は実際何歳なんだ？」

「そろそろ六十……」

「聞かなかったことにする。俺は見た目だけで判断する。火嵐は可愛い」

「ああ。火嵐は可愛いぞ。さて、神棚まで案内しろ、啓介」

雷火がさっさと歩き出す。

啓介は「待てよ」と言いながらあとを追った。


「ばーちゃんが、茶の間に置くって言ってたから、あんまり大きくないのがいいんだよな」

値段の違いが今一つ分からないが、高すぎても安すぎてもだめなような気がする。

啓介は「一万円ぐらいのやつかなあ」と呟いて、雷火に「なんだそれは」と突っ込みを入れられた。

「立派すぎても、家との釣り合いが取れねえ」

「……ならば、あの、屋根に桧皮を使っているものがいい」

雷火が指さしたのは、稲荷神社用と書かれた神棚だ。

「小さくてもちゃんと扉が開くのか。へえ、中にお札が入るようになってる。値段も予算内」

これなら、鴨居に板を敷いて設置することができる。大きさも丁度いい。

なのに。

「啓介……俺はこっちの神棚がいい。素晴らしい。立派だ。こんな神棚を備えてもらえる俺は幸せ者だと思う」

雷火は一番高い、立派すぎる神棚を見つめてうっとりと言った。

彼のこんな顔は初めて見るが、神様だからこういうものには目がないのだろうか。

「そりゃあ、値段が高いものは立派だよ。けどな？　置くのは人間だから。分相応ってものがあるだろ？」

「俺のために買ってくれないのか？　お前、俺が好きなんだろう？　なのにどうして……」

「周りに聞こえるような声を出すな。俺、ここに製菓器具とか買いに来るんだから」

土曜日のホームセンターは人が多い。

しかし神具コーナーにいるのは啓介と雷火だけでよかった。

「今の俺が買うのに相応の神棚を買おうかなと」

「……俺が代金を払ってもいいんだぞ？」

「そうじゃねえ。俺が買わなくちゃ意味がねえだろ。俺があんたの世話係だっていうなら、神棚の世話だってしてやるって言ってんの」

途端に、雷火が抱きついてきた。いや、力任せに抱き締められた。

「苦し……っ」

「俺に願え。なんでも願え。今なら世界をお前にくれてやれそうな気がする」

耳元で喋らないでほしいし、あと、世界を貰っても困る。

「別に、現状に満足してるし……」

「またお前は可愛らしいことを言う。あとでたくさん可愛がってやろう」

「そういうの、いらねえって。……これでいいんだろ？　この神棚」

啓介は雷火の腕から強引に抜け出し、彼が欲しがっていた一番高い神棚に両手を伸ばす。

だがあと少しのところで手が届かない。

すると雷火が、いとも簡単にそれを手にして引き寄せた。

「これを買うのか？」

「おう。あんたが欲しいものが俺が買うべきものなんだと思う。……でもなあ、そもそもうちには本体が存在しているんだから、そこまでこだわらなくてもいいと思ったりもする」

「いや。これがなかなか、どの神も自分の家が大好きで、自慢したくてウズウズしている。やれ鳥居が増えただの、神事で掃除をしてもらっただの、作り替えてもらっただの、うるさい」

「あー……そういえばウカノさんも、ガラガラと紐が新しくなったあとは機嫌がよかったな」

「ガラガラは本坪(ほんつぼ)で、紐は鈴緒(すずお)だ。覚えておけ」

「やっぱ正式名称があるのか！」

雑学を仕入れた啓介は、いつまでも雷火に持たせておけないと、購入予定の神棚の箱に手を伸ばした。

「あ、これ……組み立て式だって」

「ほほう。最新式はそういうものなのか。面白いな」

「そうだな。あとで花屋によって榊(さかき)の葉を買って行こう」

とにかく神棚を買ったら、火嵐のいるペットショップに向かう。榊はそれからだ。

カートを探すより、レジまで持っていった方が早いと歩き出したが、腕が少しプルプルした。

鍛えていないわけではないが、取っ手が掴みづらいのだ。

「寄越せ」

そう言いながら、雷火が啓介からひょいと荷物を奪う。

神様に神棚を持たせるのってどうよとか、自分が買うんだから自分で持たないととか、啓介の頭の中にいろんな気持ちが駆け巡る。

「……ありがとう」

けれど、結局出てきた言葉は感謝の言葉。

「自分の神棚を持つなんて思ってもみなかったが」

「だったら俺が持つ」

「しかし、こんな神がいてもいいだろう」

啓介は「そうだな」と頷いて、嬉しくて小さく笑った。


火嵐は熱帯魚の水槽の前でじっと魚を見ていた。

「綺麗ですね……。でも、飼うのは大変そう」

「温度調整とか水交換とか、いろいろあるからな。さて、帰ろうか」

啓介は火嵐の頭を撫でて歩みを促すが、彼は「向こうに、いい匂いのする素敵なものがあって」と真剣な顔で言う。

「ん？」

「啓介さん、あそこに……！」

火嵐が指さした先には、タコ焼きとベビーカステラの屋台があった。

確かに、いい匂いがする。

啓介は雷火に顔を向け、視線で「どうする？」と尋ねた。お狐とはいえ神様の息子、啓介が勝手に買い食いさせてもいいのかと。

「俺も食べたいので構わん。行こう」

「なんだよそれ！　子供の言い分だぞそれ！」

啓介は突っ込みを入れながら笑った。

土日は親子連れが多いのでホームセンターが屋台を出しているのだと、たこ焼き屋の店員が教えてくれた。

確かに。今も子供にねだられて、啓介は財布を出している。

たこ焼きは大きなものが十個入って三百円という良心的な金額で、大きさだけでなく中のたこも大きかった。

備え付けのベンチに雷火、火嵐、啓介の順に腰を下ろし、出来たてのたこ焼きをハフハフしながら口に入れる。所々に焦げはあるが、ちょっとしたアクセントになっていて旨い。

「中が熱々でとろっとしてるのがいいな」

啓介の感想に、二人も無言で頷く。

一人一パックは多かったかなと思ったが、もうすでに半分ない。

「西のものとは味は少し違うが、これはこれで、なかなか……」

雷火は頷きながら、もうすでに食べ終える。

さすがは神様というか、美形は何をやっても美形なのか、ソースも青のりも付いていていない。

「啓介さん、これは作れますか？　とても美味です」

「そうだな……たこ焼き器があれば作れるよ。確かもらい物が押し入れにあったはずだから、今度はもち入りとか作ってやろうか？」

「お願いします！　楽しみです！」

「俺も食べる」

そうじゃないかと思っていたが、うちの居候親子は食いしん坊だ。

火嵐は今度はアイスが食べたいのか、アイスの自動販売機をじっと見る。

「アイスかー。アイスもいいけど、俺がうちに帰ってホットケーキを作るっていうのはどうだ？　熱々のホットケーキの上に、バニラアイスを乗せてやるぞ？」

するとこの親子、またしても揃って頷く。それはもう深く、何度も頷いた。

その様子が可愛らしくて、啓介は思わず二人の頭を撫で回す。

撫でられ慣れている火嵐は「えへへ」と笑って目を細めたが、雷火は違った。

突然顔を赤くして視線を泳がせている。

「頭を撫でるぐらいいいだろ。サラサラでいい感触だ」

「いや待て。なんだこれは。たかが頭を撫でられたぐらいで……」

「なんかその動揺……覚えがあるぞ」

覚えがあるどころの騒ぎじゃない。雷火に頭を撫でられて動揺した時と同じだ。啓介もそうだが、雷火もまた、頭を撫でられるのに慣れていないのだろう。

「そうか。じゃあ、俺がいっぱい撫でてやる」

ヨシヨシと頭を撫でてやると、雷火は眉間に皺を寄せて「やめろ」と言った。

「父上、顔が赤いです。大丈夫ですか？」

火嵐が心配そうな顔で父親の顔を見上げる。

「大丈夫じゃないから、もう帰ろう」

雷火は耳まで赤くなっていた。


特別なことはしない。昔ながらのホットケーキ。

ただバターはたっぷり使い、卵白は固く泡立てる。香り付けにバニラエッセンス。材料をザックリ混ぜて、熱したフライパンにバターを落とす。

レードル一杯分ずつ焼いて、その都度焼きたてを食べる。アイスを乗せることも忘れない。

テレビのスイーツ特集のような「プルプルでふわとろ」ではないが、しっとり柔らかで口当たりのいいホットケーキができあがった。

茶の間にはあずき、生クリームの入った容器と、チョコレートソースと蜂蜜の瓶が置かれた。

もちろん、アイスの徳用パックとバターもある。

「トッピングだ。好きな物を乗せて食べろ」

「凄すぎます……っ！」

「しょっぱい物が食べたくなってもいいように、ベーコンとソーセージも焼いた。ベーコンに蜂蜜は意外と合うから試してごらん」

正座してナイフとフォークを掴んでいる火嵐に、啓介は「ほらこれも」と甲斐甲斐しく世話をしてやる。

「アイスと小豆と生クリームで食べると美味しいですね！　どら焼きみたい！」

「そうだよなあ。……雷火はまだぼんやりしているのか？　大丈夫かよあんた」

雷火が、目の前のホットケーキを見つめたまま手も口も動かさないので、啓介はちょっと心配になってきた。

慣れてないのはすぐに分かったが、神様にとって頭を撫でられることはそんなにショックなことだったのだろうか？　ああでも、神聖な部分ではあるよな。それを人間が撫でたからショックを受けたのか……？　だとしたら俺のせい？　いやいや、弱すぎるだろお狐様。

啓介は自分のホットケーキを一口切って、雷火の口元にそっと押しつける。

雷火はためらうことなく口に入れて咀嚼した。

「……旨い」

「だろ？　蜂蜜とバターの黄金コンビだ」

「もっと。アイスを添えて」

何もせずに口だけ開けた雷火に、啓介は「自分で食え」と言ったが、今度は火嵐が「はい父上、あーん」と言って自分の分を食べさせ始めたので、不本意ながらも給仕をする。

「あんたなあ……」

「旨い。今度はあんことバターで食べる」

「子供の前で、それはどうかと思う」

「俺が神棚を運んだんだから、啓介はこれくらいしてくれてもいい」

確かに雷火は、見た目より重い神棚の入ったダンボールを家まで運んでくれた。

しかしそれとこれとは話が別のような気がする。

「俺に頭を撫でられたのが、そんなにショックだった？」

直球勝負で聞いてみた。

「違う。……いや、そうかもしれないが……待て待て、この俺が？　しかし……」

歯がゆいというか埒（らち）があかない。はっきりしなくて気持ちが悪い。

「まあいいや。自分で納得するまで考えてくれ。あと、ホットケーキは残すな」

ごちそうさまをした火嵐と二人で皿を片づけて、雷火を放ったまま神棚のダンボールを開ける。組み立て図を見てドライバーを用意し、材料が全部揃っているかを確認した。

工作は得意な方なので、戸惑うことなく神棚は組み立てられていく。

「啓介さん。それはどこに飾るんですか?」

「うん。ばーちゃんが、そこの鴨居の上に飾れって」

啓介が指さした先を見て、火嵐は「いい方角です」と言った。外見は子供だが、やはりお狐様なのだ。

「火嵐はそういうのが分かるのか？　いい方角とか悪い方角とか」

「はい。父上ほどではありませんが。でも修行を続ければ瞬時に判断できると思います」

「なるほど。凄いな」

啓介は火嵐の頭を撫でるが、その時にやけに視線を感じた。背中が焼けるように熱い。というか、なんか痛い。物理的に痛い気もしてきた。

「そうやって……柱(ひと)の頭を撫でても、俺は誘惑などされん！　お前は世話係だ！　人間と神は違う！　相容れないっ！」

「はあ？　人間と神が違うのは当たり前じゃねえか。馬鹿かあんた！　神様のくせに！」

「世話係が俺を馬鹿と呼ぶか……っ」

「悪かった」

ぽふん、と、啓介は雷火の頭に手を置き、よしよしと撫でる。

「やめろ」

「大人しくなった」

「やめろと言っている」

「ご奉仕中です。撫でてあげます」

「ああもうっ！」

雷火の頭からぴょこんと狐の耳が出た。ふんわりした耳毛が可愛い。ついでに太く立派な尻尾も出ている。

「父上、面白い姿になっています」

「分かっている火嵐。皆まで言うな。そして啓介は撫でるのをやめろ」

「無理」

むきになってるのが自分でも分かった。でも、雷火が焦っている姿は人間っぽくて可愛いので、やめられない。

それになんと言ってもモフだ。

今回は耳まで出してくれた。最高にモフモフだ。耳は触ったら嫌がるだろうか。急所の一つでもあるし。だが今の雷火には耳が四つある。ならば、狐耳の方なら触っても大丈夫では？

などと思いながら、啓介は偶然を装って頭を撫でた手でモフモフな耳に触れる。

「可愛いモフモフ耳……」

「啓介さん。僕の耳も可愛いですか？」

火嵐まで狐耳と尻尾を出してくれた。

まさに愛くるしい子狐……！

啓介は左手を火嵐に伸ばし、彼の頭と狐耳を一緒に撫でる。先端がふにっとしてて触り心地がいい。小さい耳は可愛い。しかし。

「……やっぱり、大人の狐耳の方が安心して触れるな。安心のモフ耳だ」

啓介はこの世の天国を味わっているが、雷火は逆だったようで、どんどん表情が険しくなっていく。

彼は無言で立ち上がると、尻尾を乱暴に振りながら茶の間を出て行った。

「え？　おい！　雷火！」

啓介は「少し触ったぐらいで怒るなよ神様」と、二階へ向かう階段を上がっていく雷火の背に声をかける。

だが返事がない。無視だ。

「怒ったなら悪かったよ。ふざけすぎた。……実は俺、狐耳にも触りたかったんだ」

雷火はそのまま啓介の部屋に入った。そして正座をすると啓介にもそれを求める。

「……なんだよ。もっと丁寧に謝れって？　平伏した方がいいか？」

「神の頭を勝手に触って撫で回して、あまつさえ狐耳に触れた。お前は俺の禁欲解禁をどう思っているんだ？　一夜の交わりでは到底足りないと言っただろう？　俺を誘惑して、精根尽きるまで神通力を搾り取る気か？　おい！」

雷火が真っ赤だ。

顔も耳も首までも真っ赤になって、「頭を撫でるな」と怒っている。

彼の声以外聞こえてこないのは、もしかしたら階下の火嵐を気遣って、音を聞こえないようにしたのかも。

「なんで動揺するんだ！　そんなことあるわけないっ！　ああもう、なんなんだ、お前は！

愛や恋は誘惑と同じなのか？　くっそ……っ！」

「あ」

ピンと来るものがあった。

俺と同じだ、と、啓介は確信した。

雷火に撫でられて、優しい言葉を貰って、何もかも奉納したいと思った。あの時のどうしようもない動揺と心臓の音が、今、雷火から聞こえて来る。

「見える人」になったから分かるようになったのだろう。

雷火の体から可愛らしい小鳥や小さな花、キラキラと輝く宝石が溢れ出て、彼の周りを埋め尽くしている。小鳥が「愛しい」と鳴いている。小花の色はピンク色に色付く。宝石が光り輝いて眩しい。

なんだよ、あんた。よく分かったよ、俺。きっと俺も、体から花を零れさせていたんだろうな。あんたには理解できなくても、俺はあんたの傍にいてピンク色の花まみれだった。

「なあ、神様……」

啓介は再び雷火に右手を伸ばし、彼の頭を優しく撫でる。

「おい。いくら俺が寛大な神でも、これ以上は……」

「雷火は俺が好きなんだ。好きだと自覚したから動揺する。神が人間に恋をしたんだ。そのスイッチが、これ」

ぽんぽんと、右手で雷火の頭を軽く叩く。

「なんだと……っ！　確かに、愛や恋を教えろとは言ったが……こんな心の動揺などいらん」

「恋愛って、最初はそういうもんだから。……そっか。神様は俺が好きなのか」

「いやまて、これが恋なのか？　それとも愛なのか？　これ以上動揺させるな。御倉食堂に雷が落ちるぞ」

「それはやめてくれ。……だったら、深呼吸をして落ち着け。冷静になれよ。神様なんだからできるだろ？　あんたが好きな俺のお願い、聞いてくれるよな？」

「……勝手に決めるな。なんなんだ俺は。お前を見ていると動悸が激しくなって、変化が解けてしまいそうだ」

つまりそれは、人の姿ではなくなること。

お狐様本来の姿になるということだ。

「本体が見たい。見せてください」

啓介は両手で雷火の頭を撫でる。狐耳の後ろを優しく掻いてやると、雷火は目を細めて気持ち良さそうにした。犬や猫も、耳の後ろを掻いてやると気持ち良さそうにすることを思い出した。

「そんなに見たいなら見せてやってもいい」

それは瞬きする一瞬の間で終わった。

啓介が両手で触れているのは、巨大な白狐の鼻先だ。

「俺の部屋が……柔らかなモフモフでみっしり埋まっている……っ！」

柔らかいのに弾力があって、しかも上品な甘い香りがする。

お狐様が恋愛の動揺に埋もれている。

「これが本当の俺だ」

綺麗な琥珀色の瞳で見つめられて、啓介は思わず言った。

「マンガとかアニメみたいに、背中に乗ってもいい？」

当然、却下される。即座に却下される。

「尻尾は触らせてくれるのに……」

「尻尾までだ。修行中ならいざ知らず、俺はもう神の末席に座する者だ。誰も乗せない」

「俺の魂は清らかだとか光ってるとか、とにかく他の人間と違うと言ったよな？」

「だめだ」

「俺のこと、人間なのか？　って聞いたくせに。神様なのに分からないのかよ」

「何を言われても、背には乗せない」

「いいよ、もう。毛皮を堪能するから。だから雷火も、俺を好きなことにいちいち動揺するな！　そっか、俺は神様に惚れられたのか……やべえな」

もふっ。

啓介は笑いながら雷火の前脚に凭れると、顔を押しつけて柔らかさを堪能する。

「神をからかうな。お前こそ、俺を好いているくせに。自分のことは棚に上げるのか。ああそうか、自分が好いているだけでは分が悪いからそういうことを言うのか？　そこがまあ、愛らしいといえば愛らしい。二十二年しか生きていないだけある」

「なんで俺がっ！　こうしてくっついてるのも、このモフモフが好きだからだ！　雷火がハ虫類だったらモフモフできないだろ！」

「禁欲解禁した時に、これっぽっちも拒まなかったくせに」

「あんたが俺にキスしたからだろっ！　あれでぽーっとなったんだよっ！」

啓介は体を起こし、雷火の首の毛を引っ張った。

「どうだか！」

「本当だって！　神様のキスはヤバイっての！　それが夢の中でも効くんだってっ！　だから

あんたのこと好きじゃなくてもいろいろ恥ずかしいことができちゃったんだよっ！」

「口づけのせいだと言うのか、ほほう。ならば試してみるか」

「は？」

「口づけなしの和合。できないなら、別に無理強いはしない。お前は人間だから、俺との交わりは体力を消耗するだろう。それこそ、足腰が立たないほど。人間はか弱いから、俺は構わないぞ」

「そんな弱い足腰してねえよっ！　いいよやってやるよ！　キスなしな？　オッケー！　上等だ！　終わってから、『俺は神様なのに人間に恋をした』と自覚しろ！」

言ってから気づいた。

ああどうして俺は、「売り言葉に買い言葉」。

今までこんなことなかったのに。雷火が来てから、これだ。調子が狂う。祖母にも「何をやってるの」と呆れられた。

「よい返事だ。解禁した俺の欲を受け止めろ。生涯世話係として可愛がってやる」

「だから俺は道具じゃないって。そういう言い方やめろよ……っ」

だが啓介の悪態はすぐに止んだ。

雷火の右前脚の下敷きになったのだ。

苦しくも重くもなく、狐の大きな肉球は生温かい。

「この大きさではいろいろと不便だな」

雷火は牙を見せて低く笑い、サイズダウンする。大型犬ぐらいだろうか。それでも、百七十八の自分より大きい。

「これならどうだ？　お前は俺のこの姿も好きなんだろう？」

「あんたこそ、俺が好きなくせに無理すんなよ。人の形に戻っていいよ」

「生意気だな」

「そういうところが好きなんだろう？　もっと好きになれよ。あんたばっかり、俺のこと好きになれよ。そんで、俺は物なんかじゃないって認めろ」

啓介は雷火が見下ろす中、自分で服を脱ぎ始める。

仰向けに寝転がったままなので、ジーンズと下着を下ろす時に腰を浮かさねばならないのが恥ずかしかったが、どうにか全部脱ぐことができた。

「……情緒がない」

「俺が脱ぐところを全部見ておいて言うことじゃねえよなっ！　しょんぼりするなっ！」

「……もういい。ここは夢じゃなく現実だ。現実で、お前がどれだけ俺を好いているか、はっきりと教えてやる」

「それはこっちの台詞だ」

「ああ本当に、お前は生意気で愛らしいな！」

雷火が喉の奥を鳴らし、目を細めた。多分、笑っているのだろう。

彼はくんくんと啓介の匂いを嗅ぐように濡れた鼻先を体に押しつけてくる。

相手が白狐のままなことに若干抵抗を感じるが、売り言葉を売ったり買ったりしてしまったので、堪えるしかない。

「人の形の方がやりやすい」

「は？」

またしても、瞬きをする間に雷火が姿を変えた。今度は、よく知っている人の形だ。

「よし！　さあやるぞ。禁欲していた分、いくらでも気をやれる」

「そんなこと、笑顔で言うな」

「さて、続きをしようか」

「せめて、狐耳を出してくれ。尻尾は我慢する。耳触りたい耳」

啓介は両手を伸ばし、雷火の頭を撫で回す。

「だからそうやって撫でるのはやめろ」

と言いつつも、雷火の頭に狐耳が生えた。大人の狐耳は大きくて触りがいがある。

「柔らかくて気持ちいい。俺、ずっとこれだけ触ってたいわー……」

雷火の狐耳を優しく撫で擦（さす）ると、本人が切なそうな目で見下ろしてきた。

「耳、感じる？　それとも、お前の大好きな俺が触ってるから？」

「は、ははっ。どうだろうな。俺もお前に触る。人肌の温かさを堪能して、それから、この間のように泣くほど善がらせてやる」

「あれは、夢だ。感覚が違う。俺は、そんな……っ、恥ずかしいことっ、あっ、その触り方……やめろっ」

脇腹を両手で上下に撫でられてから、胸を揉まれる。

夢の中で触れられた時は最高に気持ちよかったのに、今は羞恥心で体が強ばる。

「ほら、口づけをしないから」

「なんだよそれ」

「人間は神の体液で酔い、欲が増す。残念なことに神同士では効かんのだそうだ。あくまで、神と人間の間だけだ」

「……エロ本に出てくる催淫剤かよ」

「そうそう、流行(はや)りの春画と同じ」

雷火が笑いながら啓介の胸を揉み、掌で乳首を転がす。

気持ちいいけど、でも、少し痛い。夢の中でした時は、苦痛なんて一度も感じなかった。あの時と比べても仕方ないのに、体は覚えている。

「なんだよ……なんで俺の体、夢の中のことを覚えてるんだよ」

「そういう夢だからだ。俺は神だから、それくらいは造作もない」

「職権乱用……っ、んっ、そこ、いてぇ……っ」

乳首をきゅっと引っ張られて、びくんと体がしなる。

「少しだけ我慢しろ。すぐに、体の方が思い出す」

くりくりと乳首だけを爪で引っかかれ、擦られて、乳輪まで赤く色付いて膨らんでいく。

その時、雷火の指が乳輪を摘まみ上げて、少し乱暴に揉んだ。

「ん、んんっ……っ、なんか、いやだ、それ……っ、気持ちよくねぇ」

「すぐによくなる。ほら、気持ちよくないなんて言ってるくせに、啓介、お前の一物は腹に付くほど反り返っているぞ」

「あ……、あ、そんなっ」

乳首を弾かれるたびに、陰茎に痺れるような快感が走り、先走りが溢れ出す。

「あんんんっ」

「俺に触られて、弄られて、感じているんだ。夢でなく現実で。ほら啓介、お前のここは、慣らしてもいないのに指の腹が触れただけで柔らかくなる」

雷火の指が後孔に押し当てられた。

体の中がどくんと脈打ち、内臓が快感で焼ける。体が、夢の中で起きたことを徐々に思い出している。雷火との激しい交わり。羞恥は快感に取って代わり、失禁する様まで視姦された。

「あ、あれは、夢だから……っ、そんな凄いの……実際にされたら、俺もう……っ」

そう言っているのに、体は裏腹で両脚を広げてしまう。

「あと少しだな？　啓介。お前は俺を好いているから、こんなにも敏感に感じるんだ。分かってるか？」

耳元で囁かれて背筋が震えた。

耳朶を甘噛みされて、腰が不規則に揺れる。何か思い出してきた。そうだ、こんな風に、何度も耳を噛まれて、耳の中に雷火の舌が入ってきて……。

「くっそ……っ、体がっ、勝手に……」

雷火に簡単に俯せにされ、そのまま背中から抱き締められる。

「顔が見えないのが残念だが、この恰好が一番悪戯しやすい」

「あ、やだ、そこばっかり……弄るのっ、やだ……っ」

上半身が崩れ落ちないよう両手をついて快感を堪える。

乳頭を指の腹で擦られて切ない。先走りを畳に滴らせている陰茎には少しも触れてくれないのが悔しい。

「なあ、雷火のキスって、そんな凄いの？　俺、夢の中だったからよく覚えてねえよ。なあ、俺、別にお前のことなんか好きでもなんでもないけどっ、雷火がキスしたいってなら、してやってもいい」

胸を揉まれ続けて息が上がる。

啓介は震える声で言ってから、顔を真っ赤にした。

「やはり、つんでれはいいな。特に、お前のような生意気な人間が言うと、魅力が倍増する。俺はドSだから、してやるかここで悩むわけだが」

「う、あっ、ぁ、ぁ、あ、んんっ。俺のこと、苛めるほど好きなら、さっさとキスしろよっ。乳首っ、あんま弄られるとでっかくなるからぁっ、それ、だめっ」

体はどんどん夢の中で覚えた快感を再現してくる。

揉まれて興奮して、ふっくらと膨らんだ乳輪と赤く色付いた乳首。

ほんの少し前までは、ここで泣きたくなるほど気持ちよくなるなんて知らなかった。胸を揉まれることさえ驚いた。男の胸なのに。

なのに雷火の指が触れていくと、啓介は彼の思うままに恥ずかしい恰好をして、恥ずかしいと言いながら興奮した。

体が、ゆっくりと、残らず思い出していく。

「あ、あれはっ、夢なのに……夢の中のセックスなのに……一晩中やっても、夢だから、平気だったのにっ」

雷火の指が、啓介の尻を撫で、会陰を摩る。

「あ」

ぎこちなく足を広げて、腰を突き出した。体が勝手に動く。

「啓介は、ここを嬲られるのが好きだったな」

後孔から会陰を指でなぞって、陰嚢に辿り着く。

背後から包み込まれて、掌で転がされると、快感で背が仰け反った。

「は、あ……っ、玉、やだ、弄るの、やだ……っ」

優しく揉まれて腰が揺れた。「あ、あ、あ」と小さな声を漏らしながら腰を揺らしてしまう。

「恥ずかしくてたまらないのに、腰の揺れがとまらない。愛らしい姿だな、啓介」

「なんで、キス、しないいんだよっ。俺のこと嫌いなんだろっ。世話をさせるって言ったけど、性欲処理の道具なんだろ！　そんな可愛い狐耳があっても、許してやんねえから！」

「そんなに口づけてほしいのか？　ねだるほど俺を好いているのか？　こんなに興奮して、俺の名を呼んで、ぞくぞくする」

雷火の熱い囁きに、啓介は「嫌いじゃないならキスしろ」と言った。

言葉だけなら命令だが、泣きそうな声なので「お願い」だ。

体から零れ落ちていく小鳥と小花と宝石に埋もれる。

小鳥たちは彼らの上で「愛しい」と鳴きながら飛び、ピンク色の小花と小さな宝石で体が埋まっていく。キラキラと輝く宝石の中でも、雷火の姿はひときわ美しいと啓介は思った。

　向かい合ってキスをする。

　噛みつくと言うより、一方的に噛みつかれて、口の中に舌を入れられて、頭を押さえつけられて、つまり、口腔を犯されている。

「ん、ぅふっ、んんっ」

　神様はキスが上手いなんて、そんな雑学は誰もいらない。

　啓介は舌を出して、雷火に優しく吸われ、吸い返し、その行為に夢中になった。

　混ざり合った唾液をこくりと飲むと、すぐに内臓が火照る。それがいつまでも続いて、中から延々と愛撫される感覚に陥った。

「あ、ぁ、これ、思い、出した……っ、雷火のキス……っも、すぐ、射精、するヤツ」

　指で陰茎をなぞられただけで、啓介は軽くイッてしまった。

　内股がひくひくと引きつって後孔がきゅっと閉まる。射精してないのに背筋が感じて震えた。

　涙目ではあはあと息を整える啓介に、雷火が「愛らしい」と呟く。

「俺が好きだから、愛らしいって言うんだろ？」

「啓介こそ、俺を好いているからすぐに感じるんだろ？」

「それは……雷火がキスをしたから」

「そのキスをねだったくせに」

確かに。最高に気持ちのいいキスだ。できれば何度もしたい。

夢の中でなく現実なのに。ああくそ、神様と気持ちのいいキスして浮かれてきた。

「もう一回。なあ、キスしろよ」

「そんなねだり方があるか」

「………嫌いじゃないなら」

その途端、啓介は雷火に頭を撫でられる。

「俺を好いているなら口づけしろ」

「も、神様の思考は分かんねえよ……っ」

おずおずと唇を寄せていくと、雷火がいきなり甘噛みしてきた。下唇を優しく噛まれて、口の周りを舐められる。

善すぎて抱きつくと、抱き締めてくれた。

神様の体も温かい。

しばらくこうして抱き締め合っていたいが、今はロマンティックよりもエロを最優先したい。

「なあ、俺の腹の中、なんか、ウズウズして苦しい」

「よし。体位のリクエストはあるか？」

「そうじゃなく。いや、結局はそれだけど……もっとこう……」

「俺は、啓介が俺を跨いで一物を飲み込んでいる体位がいい。下からも突き上げられるし、お前の恥ずかしい姿も表情も全部見られる」

「それは、騎乗位……やったことねえんだけど……」

「この間したぞ？　ああでも、途中で気絶してた。漏れちゃうって股間を両手で押さえながら喘ぐ姿は本当に愛らしかった。さすがは俺が選んだ世話係だと思った」

もう忘れたい。なんとなく、乗っけられたところまでは覚えているが、そこから先が分からない。

そんな恥ずかしいことになっていたなんて。つくづく夢でよかった。

「俺は、普通のがいい。えっと、正常位。あと、雷火のちんこを入れる前に、その、指で尻を慣らすやつ？　あのな………あれ、……気持ちよかったの覚えてる。だから、あの、できるなら……無理ならいい。人の尻に関わることだから、無理にとは言わない！」

リクエストと言われたから、口にした。言ってから顔が赤くなる。きっと体中が赤い。

「喜んでやるに決まってるだろう？　指だけで何度も泣かせてやる」

目を細めて微笑む雷火に、啓介の背筋にぞくぞくと快感が走った。


両手を頭の上で一纏めにされて仰向けになる。左右に広がった足の間に雷火の体。

啓介は涙を流しながら、雷火の焦らしに悲鳴を上げていた。

後孔の浅いところにある敏感な場所を指の腹でマッサージされるたびに、ひくひくと下腹が凹(へこ)んで陰茎から先走りが零れる。

「ひっ、ぅ、あっ、あ、あ、ああっ、もっ、だめっ、そこばっかりっ」

後孔を嬲っている雷火の指には、彼の唾液が滴らせてある。

「苦しっ、も、イきてぇ、イかせて、なあイかせてくれよ、ちんことけるっ！」

拘束されたまま中だけを指で責められ続ける。気持ちよくて、でも射精できなくて辛い。

「そうだな。夢と違ってここには時間がある。あまり焦らしていると時間がない」

「早く」

「……俺を好いているから気をやらせてくれと言ってごらん」

「そんなの、ズルい……っ、雷火は俺のこと好きじゃないんだろ！　俺にそんなこと言わせるなよっ！」

「俺は啓介が愛らしいから、快感で身悶える様を見たい。俺の名を呼ぶ声を聞きたい。俺に縋(すが)り付いてほしい。俺だけを世話してほしい。禁欲を解禁すると、俺もなかなか危ない狐だと思うが、こればかりは止まらない」

真顔で言ってんじゃねえよ、エロ狐。綺麗な顔が勿体ねえ！

啓介は心の中で突っ込みを入れ、両脚で雷火の腰を蟹挟(かにばさ)みする。

「あんた、俺のこともの凄く好きじゃねえか。こんなに好かれて俺も気分がいい」

「……何を言う。お前の方こそ、こんな積極的にくるとは思わなかった。もう俺なしでは生きていけないんだな。可愛いぞ」

「もうどうでもいいから、早く続きしたい。なあ雷火。早く」

「俺もそろそろ我慢しているのが馬鹿らしくなってきた」

これでようやく……と安堵の吐息をついた啓介の耳元で、雷火が「これは現実だからな」とわざわざ言ってから、挿入してきた。


神棚の組み立てを終えたのは、なんと火嵐だった。

こうして見ると、なかなか立派な作りだというのが分かる。神棚の観音開きの戸の奥には、雷火が半紙と筆ペンで書いた「神様のありがたい言葉」が入っている。

「榊の葉を買ってきたなら、明日からそれも供えましょうね」

作りは立派だがコンパクトなので、供え物は乗らないが、代わりに神様本人が毎日柏手を打つのでいいらしい。

午前から出かけていた陽子が、午後七時頃に大荷物で帰宅した。

「久し振りにデパートにも行ったし、デパ地下で買い物できたし！　新しい味をチェックするためにも、今夜はいろんなデパートのデパ地下お総菜がご飯よ」

「あー……米はあるから、味噌汁は作ろうか？　温かい汁物は欲しい」

「インスタントのお吸い物でいいの、今日はそういう日ね。たまにはお前もゆっくりしなさいって、もう風呂には入ったみたいね。ゆっくりできた？」

まさか、自分の部屋で神様とセックスしてましたなんて言えない啓介は「それなりに」と笑って濁す。

雷火は気にせず着替えの浴衣姿で、火嵐は「僕も父上と一緒に入りました！」と無邪気だ。

「陽子と啓介の作った料理が一番旨いのは分かっているが、たまにはこういうのもありだな。特に、その、海鮮巻がいいな！」

雷火は、高級魚介がいっぱい詰まった太巻きを見つめて「あれは旨い」と言う。

「魚介好きなら、誰が見ても旨いだろ。あと、この豚の角煮と煮卵、旨そう……」

「啓介はそっちなの？　私は、この海老とイカの卵白炒めが一番美味しいと思うんだけど」

陽子が「店のメニューにもう少し魚介を入れたいのよね」と言いながら、容器の蓋を開けていく。

「僕はこの、可愛い揚げ物が好きです。うずらの卵ですか？　これ」

火嵐は、うずらの卵とチーズの串揚げをじっと見つめている。

「こっちのサラダがね、ローストポークを使ってるの。あと、浅漬けもパターンを増やしたい。女性向けは狙ってない。サラリーマンがじゃんじゃんお金を落としてくれる新しいメニューが欲しいわ～」

陽子は人数分の汁椀（しるわん）に即席のすまし汁の素を入れて、湯を入れる。

「はいはい。みんなで食べるよー。いただきます！」

彼女の合図で、孫と神様と神様の息子が「いただきます」と言った。

啓介はボリュームのあるローストポークを頬張って「俺は生姜焼きの方が好きだな」という答えに辿り着く。

火嵐は串揚げにスイートチリソースをかけて「美味です！　これは美味です！」と叫ぶ。

雷火は豚の角煮と五目いなりを口に運んでニコニコしていた。

「やっぱ、おいなりさん好き？」

「いなり寿司というよりは豆腐がいい。旨い豆腐を食べたい。西で修行をしていた時に、ウカノさんが湯豆腐を食べに連れて行ってくれた。旨かった」

きっと啓介が生まれる前の話だろう。

だが旨い豆腐は、もっと暑くなったら買ってやろうと思った。「土地神様」に奉納だ。

「デパ地下だとお洒落すぎてだめかしら。でも美味しい～」

「お洒落というか、そもそも単価が……。こんなデカい海老でエビチリなんて作れねえし。

こっちのレバニラは俺が作った方が旨いと思う。あと、やっぱりデザートのスイーツは必要だ」

「……永和君に、イラストを頼んでいたヤツ？　大丈夫なの？」

祖母はそう言って、上品な味の揚げ出し豆腐を頬張った。

旨いらしく目を閉じて味わっている。

「毎日作るなら、ショートケーキとシュークリームは定番だから大丈夫だと思う」

「俺がいれば女性客が来るから、そこをターゲットにする。というか、俺がお勧めすれば問題はないかと」

雷火は肉団子を頬張って、軽く頷く。

「それはしなくていい」

「俺のお勧め……という御利益はどうする」

「気持ちだけ受け取る」

旨いスイーツを作っているという自負がある。啓介は真顔で雷火に言った。

「そうか。勿体ないがお前の好きにすればいい」

「あら啓介、それでいいの？」

祖母は「貰えるもんはなんでも貰っておくタイプなので、心底勿体ない顔をする。

「それでいい」

今のところ、雷火への祈願は何もない。普通が一番だと思いながら、エビチリを頬張った。

押しかけた末の居座り土地神様がいても、修行中の子狐がいても、見える人の祖母がいても、見える人の従業員がいても、見える人の友だちがいても、日々淡々と暮らしていく。

御倉食堂にミーハーな女性客は来なくなり、代わりに料理のファンになった女性客が通ってくるようになった。

男性客たちは、啓介の作るスイーツの虜(とりこ)となる。どうやら、「食堂の兄ちゃんが作っている」ということでサラリーマンが気軽に注文できる雰囲気になっているのがいいらしい。それに、なんといっても永和のイラストメニューがよかった。これが目を惹(ひ)いた。

神様たちも人間の恰好をしてやってくる。

最近啓介が驚いたのは、ナギさんナミちゃんの可愛い夫婦だ。ワクさんが「伊弉冉(イザナミ)さんと伊弉諾(イザナギ)さん」と教えてくれたのはいいが、恐縮して給仕する手が震えた。

みんな分霊されていろんな神社にいくのだと分かっていても、実際目(ま)の当たりにすると緊張する。

そして。

「ねえ啓介君、そろそろこの土地をうちに譲ってみない？」

天美は相変わらず御倉食堂に通ってきている。最近は週三ぐらいで通っている。本職は大丈夫なんだろうかと思わず心配してしまう。

「譲りません。というか、天美さんちの占い師は、いい加減御倉家のことを忘れてほしい」

天美が来るのはいつもランチが終わる間際なので、他の客に気を使う必要がないのがいいのだが、それは天美も同じだった。

「だって、うちの大事なお抱え占い師だし。やっぱり私も、もっと成功したいしね。あと、入海君はいつ来るの？　私、あの子が気に入りました」

その言葉に、啓介の視線が鋭くなり、今まで暢気に皿を下げていた高原が眉間に皺を寄せた。

「天美さん、何言ってんの？　永和は俺の大事な幼馴染みなんだけど」

「そうですよ。というか、天美さんお年は幾つでしたっけ？」

啓介が牽制(けんせい)し、高原がなぜか年齢を聞く。

「え？　私？　三十五だよ」

「永和さんは啓介さんと同い年だから……うわ、一回り以上年が違うじゃないですか。下手をしたら同じ干支(えと)ですよ」

高原の言葉に、天美が地味に傷つきテーブルに突っ伏す。

「私はそういうつもりで気に入ったと言ってるわけじゃないいんだけど」

「だったら！　紛らわしい言葉を使うなよっ！　もうシュークリームを作ってやらないぞ！」

啓介は腕を組んで大声で警告する。

彼のシュークリームが大好きな天美は、「気を付けるからシュークリーム売って」としょぼくれた声を出す。

テーブル用の紙ナプキンを補充していた雷火が、そんな天美を見てニコニコした。

「あーあー、かーみーさーまー、酷いですー。私にも御利益くださいよー」

「だから、この土地は最低でもあと七十年はこのままだ。諦めろ。そしてお前のところの占術師に言っておけ。神の社に手を出すなと、な」

台詞も声も恰好が、紙ナプキンをちまちまと補充しながらなので微笑ましい。

「それは分かっているんですけどね、私にも立場がありますから。ただ、うん……うちの占い師さんが暴走しないよう見ておきます。ここで神様たちを見たら、大騒ぎになりそうだから」

「ええそうね。それがいいわ天美さん」

「私もそう思う。この土地は大事なのよ」

「そうそう。新米神様の住まいでもあるしね」

気がつくと、雷火の向かいの席にはウカノさんとモチノさんとワクさんのベテラン神様がのんびりとお茶を飲み、啓介のシュークリームを食べていた。

「父上、啓介さんのシュークリームはいつでも美味です！」

もちろん、火嵐も一緒だ。

どうやらおやつ目当てでやってきたらしい。

「高原君、もう暖簾下げて。天美さんはそろそろ帰りましょう。俺たちが休憩できません」

「はいはい。今日のところはこれでお暇します。また来ますね。では神様方も、ごきげんよう」

天美は神様たちに愛想を振りまいて店から出て行った。

「俺、ちょっと嫌な予感がするんですけど」

「高原君、前もそんなこと言ってなかった?」

啓介は天美の盆を下げながら、小さく笑う。

「言いました。でも何事もなくてよかったです! でも今回は、創作意欲が湧かないタイプの、とっても嫌な感じというか……」

自分でもどう言っていいのかわからないらしく、高原は腕を組んで「んー……」と唸る。

「まあ、何が起きても俺がここにいる限りなんの心配もいらない」

威張りながら紙ナプキンを折り畳む雷火の横で、火嵐が「その通りです!」と言った。

「多分ね、高原君のその不安、分かるわ。天美さんが連れてきたのよ。本人には分からないようにくっついてきたというか……」

怖いことが全面的に苦手な啓介が、頬を引きつらせて「マジかよ」と呻き、高原が「俺も何も分かりませんでした」と困惑する。

神様組は「雑魚(ざこ)だし」ということで無視したようだ。

「最初に謝っておく。多分、天美さんにくっついてきた変なの、私の知ってる人の影だわ。すべてにおいて最悪のタイミングで私に負け続けた人ね。勝手に勝負を挑んでくるのは向こうだったけど。そうかー、今は占い師か。そういえば、あの人の名字も天美だったなー」

ばーちゃん、ばーちゃん！　ばーちゃんっ！　それ結構重要な情報っ！

啓介は、てへへと笑う祖母に目眩(めまい)を起こしそうになった。

「向こうは大金持ちだし、生きる世界がまったく違うでしょ？　だからもう、突っかかってくることはないと思ってたんだけど……。ばーちゃん、そんなに光り輝いてる？　人も羨むような日々を送ってる？」

「好きな仕事をして、周りにいる若い男子はみんな男前で、しかもキラキラした神様までいる。年のわりには健康。そして美人。……結構羨む人はいるんじゃない？」

啓介が笑顔で答えてやると、なぜか雷火が「俺が住んでいるんだぞ！　素晴らしいに決まってる！」と主張した。

「あー……そうだった。神様と同居なんて、願ってもできるもんじゃない。それを考えると、俺は神様たちに料理やスイーツを食べてもらってるから、幸せ者なんだな……」

しみじみと神に感謝。

「さてと。ウカノさんたちはよかったら新しい浅漬けを食べてください。新しいお茶も用意しますね」

祖母の陽子が、自分の分の湯飲みと新しい浅漬けの鉢を持って、神様たちのテーブルにやってきた。

その時。

店の外で何やら言い争う声が聞こえてきた。

一人は、暖簾を下ろしに行った高原で、もう一人は天美。あと一人、年を取った女性の声。

啓介は表情を引き締めて御倉食堂の引き戸をそっと開ける。

「だから、私が直接出向いた方が話が早いのよ！　お前は本当に、暢気なんだから！」

陽子と同世代らしい着物姿の上品な女性が、自分よりも背の高い天美を叱りつけていた。

面差しがどことなく天美に似ているので、血縁の女性だろうか。とにかくうるさい。

「いや、ですから、今から休憩時間なので、一旦お引き取りください！」

「そうですよ、大叔母さん！　日を改めて、ちゃんとアポを取ってからにしましょう」

高原と天美が二人がかりで言っても話を聞かない。

大叔母っていうと、祖父母の姉妹ってヤツだっけ。

そんなことを思いながら、啓介は口を開く。

「あの……っ！　店の前で騒がれると迷惑なんですけど」

啓介が厳しい表情で女性に声をかける。その横で天美が両手を合わせて「ゴメンネ?」と口を動かした。

「なんなのよ……っ！　え?　あら、あららららら……っ！」

彼女は啓介を見た途端、目をまん丸にして、不躾なほど見つめる。

「失礼を承知で言うけれど、あなた、人間?」

天美と高原が「何言ってんのこの人！」という表情になっている。面白いけど、やはり店の前では迷惑だ。

「人間です。それと、騒がれるのは困るので、よかったら中にどうぞ」

「話が早い。それでは失礼するわ」

彼女は、啓介が開けたままの引き戸から、さっさと中に入る。

「すみません。さっき大叔母とすれ違って慌てて追いかけてきたんですけど、押さえきれなかった。出禁にしないでね?　啓介君。私は君のシュークリームが大好きなんだ！」

縋り付いてくる勢いの天美が、なんだか気の毒になってきた。

「出禁なんて、そんなことしませんよ。ところであの人は……?」

「うちのお抱え占い師さんの一人。祖母の一番下の妹で、祖母も占い師なんですが、大叔母も当たる占い師なんだ」

今までは「へえ」で聞き流していたけれど、本当にそういう職の人がいたのか。

大企業と占い師、霊能力者との関わりは都市伝説的なものだと思っていた啓介は、今ちょっと、友人たちの飲み会で「こんなことがあって！」と語りたい気分になった。

「あの人、なんかいろいろと凄くて、接触してると疲れそうです」

高原が「キャラが濃すぎる」と、困惑した顔で感想を漏らす。

キャラが濃いには、啓介も頷いた。


着物の老婦人は、天美高子と言ってやはりというかなんというか、祖母陽子の小学校から高校までの同級生だった。ここまできたら、幼馴染みでもいいんじゃないかと思うくらいだ。

「うちの可愛い世利ちゃんの仕事を邪魔しないでくれる？　この小さな土地がどれだけの利益に化けると思ってるのよ。本当に陽子さんは、昔から私に酷いことばかりして」

高子は出されたお茶をしっかり一口飲んでから、先制攻撃を噛ます。

「私は何もしてないでしょ。いつもあなたの被害妄想。それにここは誰にも売るつもりはありません。塩をまかれる前にさっさと出て行って」

陽子が笑顔で言い返し、高子の眉間に皺が寄った。

「な、なによっ！　神様でも味方につけたつもり？　偉そうに！　とにかくこの土地を天美グループに売りなさい！」

高子はテーブルをパンと一度叩いて、陽子を睨み付ける。

確かに神様が味方に付いている。

彼女にはウカノさんたちが神に見えないのか、それとも彼らは、「神の部分」を隠して話を聞いているのか……。ワクさんが啓介を見て一瞬ニヤリと笑ったので、後者らしい。

きっと今以上の騒ぎを起こされたくない気持ちがあるのだろう。その気遣いがありがたいと思った。

「いい加減にして。売るわけがないじゃないの。ここは代々御倉家が守ってきた土地なのよ？とても大事な土地なの。それを、なんであなたに命令されなくちゃならないのよ」

「代々守ってきても、跡継ぎがいないじゃない。じゃあ、あなたが死んだら土地を譲ってもらうことにすればいい？」

「孫の俺が跡継ぎです！」

文句ばかりの高子に、啓介が真顔で割って入る。

高子は啓介を見て「だから、あなたって本当に人間なの？」とまた聞いてきた。

「人間です！　母さんから生まれたし、母子手帳だってある！」

「……ならば、そうね。質問を変えるわ。あなたのご両親は人間？」

え……？

人間ですと、言おうとしたのに、すぐに返事ができなかった。何か違和感を感じる。どうしようと焦っていたところに、永和が「こんにちはー！」と自分の家のように店に入ってきた。

そして、場の空気を読んで黙って高原の隣に腰を下ろす。

「そうか、そうだったね。この際だからはっきり言っておこう。話さなければならない人も揃っているし。啓介の母親は私の娘。それに間違いはない。ただ、この子の父親は人間ではなく狐だよ」

真実を語った祖母は、「はースッキリした」と言ってお茶を飲んだ。

待って。勝手にスッキリしないでくれ！　俺の立場は！

啓介はいきなり自分が渦中(かちゅう)の人になってしまい、神様たちに助けを求める。

「そうね。これは私たちにも関係のあることだから、話しておかなければ」

神様を代表して、ウカノさんこと宇迦之御魂神が口を開いた。

だが、高子の目には、御倉家と繋がりのある着物姿の女性にしか見えない。

「彼は……そうね、仮に白狐Aとしましょう。そのAは、雷火の後輩にして火嵐の先輩に当たる子なのね。とても修行熱心で、私たちはAにそろそろ神格を与える準備をしなければと思っていたところ、なんと、人間の女性と恋に落ちちゃったのよ。それが陽子さんの娘。百合(ゆり)ちゃん。もうね、双方大騒動。しかも百合ちゃんのお腹の中には啓介君がいて、それでも騒動。神格を得られないまま、Aは百合ちゃんと結婚。Aの戸籍の手続きが本当に大変で、私はどれだけ人心を操ったことか」

　ウカノさんのおっとりとした顔が、その瞬間だけ険しくなった。

「そして、神格を得る寸前の白狐と和合して子を成した百合ちゃんは、啓介君を産んだあとに体調を崩し、それ以来とても体の弱い人となった。啓介君を育てられる体ではなかった。今は確か、海外在住なのよね？　陽子さん」

「はい。婿と一緒に療養しながらのんびり暮らしてます。あの子たち、夫婦仲だけは信じられないほどいいのよね。彼も、百合に贅沢な暮らしをと、馬鹿みたいに稼いでいるらしいし」

　祖母が、自分の娘婿の話になった途端、能面のような顔になって怖い。そして、自分の両親が訳あって海外にいる理由がそれかよと、ため息をつくしかなかった。思ったより衝撃がないのは、日々お狐様と接しているせいだろう。

　高原と永和は、「そうか。なんかいろいろと納得した」という顔で啓介を見ている。

「本当に、雷火さんみたいに神格を得てから『百合を嫁にくれ』と言えば、こっちだって喜んで出したものを……」

「ばーちゃん、顔が怖い。怖いよ……」

「あらごめんなさい！　そんなに怖かった？　やだわ」

　陽子は両手で頬を押さえ「ふふふ」と笑顔を作った。

「百合ちゃんの変な噂が流れないように、本当に苦労したのよ。あの子はうちの巫女で、とても可愛がってあげてたの。とてもイイ子だったから、それくらいしたいじゃない」

　モチノさんとワクさんが揃って頷いた。

「巫女と白狐の子供だから、そんなに魂が煌めいているのね。納得したわ。うちで修行しない？　現代の清明って肩書きで売りだしてあげる。こんな小さな食堂で働くより、そっちの方が絶対にいいわよ。テレビにも出られるし、有名にもなれる」

「お断りします！」

　啓介は即座に断りを入れるが、高原が少し残念そうな顔をしている。理由は分かる。彼は「清明」の部分に心を揺さぶられたのだ。

「あらそうなの。それはそれとして、早くこの土地を売ってちょうだい」

　何事もなかったかのように話を蒸し返しやがったっ！

　その場にいた全員の心が一つになった。

「埒があかないわね。こっちはさっさとお引き取り願いたいんだけど、何度も来られると迷惑だから、弁護士でも呼びましょうかね」

　陽子が面倒臭そうに言い、高子はつんと澄ましてそっぽを向く。

「いい加減にしろ、この人間」

　雷火が、隠していた神の気を纏った。

　白銀の長い髪に狩衣姿、火の玉と稲妻を操る神が、そこにいた。ついでにモフモフ耳と尻尾も付けている。

　ウカノさんたちはまだ「人のまま」、それを見守る。

「え？　ええ？　えええええええっ！」

　高子が驚いて椅子から転げ落ちた。

「な、なんなの……？　この人、じゃない！　この方は……どちら様でしょうか？」

　腐ってもなんとやら、だ。高子は床に正座をし、必要以上に光り輝く雷火を見上げる。

「俺はこの家に住まっている神だ。ここは俺が守護している。人間が横から口を出すな」

　雷火の周りを火の玉と稲妻が取り囲む。稲妻が時折青白く火花を飛び散らせている様は、とても綺麗だ。

　高原と永和は「創作意欲が！」と喜びで目を輝かせ、神様たちは「うちで修行して神格を得た雷火です。ドャァ……」という誇らしげな表情を浮かべていた。

「あなたのような美しい方が、ここに住んでいらっしゃるとはつゆ知らず……あの、その……今度、お着物を奉納させていただいてもよろしいですか？」

　高子は真っ赤に頬を染め、両手を合わせて雷火に愛想を振りまく。

「ここは俺が住まう土地、そしてこの食堂は神が集う店。啓介は生涯俺の世話係。誰にも渡さない。そして、此の地は人間ごときが扱える場所ではない。賤しい考えは捨てよ。よいな？」

　実に神様らしく振る舞う雷火の前で、高子は少女のように打ち震えた。

「ああそんな。今までのプロジェクトが……けれど高子はあなた様の言いつけを守ります！　天美グループは今後一切、この地に対して余計なことは致しません。お約束致します。美しい方、それでよろしいですか？」

「ああ」

「お目にかかれて高子はとても嬉しく思います。本当に、なんて美しいんでしょう。キラキラと輝いて、高子がずっと思い描いていた……私だけの理想の王子様にそっくり……」

高子は網膜に焼き付ける勢いで雷火をじっと見つめ、ふうと深呼吸をしてから立ち上がった。

「さて、と。帰りますよ世利。みなさんにご挨拶して」

大叔母の変わりようを訝しげに思いながらも、天美は「ご迷惑をおかけしました」と深々と頭を下げ、彼女と共に店を出た。

「……まさに台風一過ね。みなさん、本当にご迷惑をおかけしました」

陽子が席を立ったのを見て、啓介も立ち上がる。そして、二人揃って頭を下げた。

「俺は、ここに住まう神として、当然のことをしたまでだ」

平然と語る雷火の姿が美しすぎて、啓介は思わず高子のように頬を染める。彼がこの土地を守ってくれたのが嬉しかったし、自分を誰にも渡さないと言ってくれたことも正直嬉しい。

あんたやっぱり、俺のことが大好きなんじゃないか。さっさと言えよ。言っていいんだぞ？

啓介の視線に気づいた雷火が、ニヤリと笑う。

「あああ、もう!なんだよこれ！　創作意欲が湧きすぎる！　次のイベントの糧になる！　尊すぎて俺が死にそうです……雷火さん！」

「俺たちが見ちゃってもいいのかな？　凄いんだけど、ほんと語彙が凄いしか出てこないんだけど……滾るっ！」

　高原と永和は、それぞれ両手の拳を振り回して、今の気持ちを体現した。


　お客様には申し訳ないが、今夜の営業は臨時休業にしようと、陽子が言った。

　スッキリした顔だが、やはり疲れが見える。

　啓介も高原も異存ない。

　今夜使うはずだった食材はその場ですぐに調理され、「今日のお礼だ」と言って神様たちと高原と永和に振る舞われた。

「今日の修行はこれでおしまい」とウカノさんに言われた火嵐は、「やった！」と言って父にしがみつく。

　その仕草があまりにも可愛くて、みなの癒しになった。

「そういえば、火嵐の母は？　あ、亡くなっていたらごめん」

啓介の疑問は高原と永和、そして陽子の疑問でもあった。

雷火は事も無げに「俺の血と狐花の精霊が混ざり合って生まれた子だ。美しく愛らしいだろう？」と腰に手をあてて威張る。

雷火曰く、神格を得て放浪中に、今にも枯れそうになっていた曼珠沙華の群生を見て不憫に思い、自分の血を分け与えて潤してやったら、火嵐が生まれたという。

「幻想的な生まれ方だな。ところで、狐花って？」

狐の顔の形をした花のことだろうか、花屋で見たことがある。

「曼珠沙華だよ、啓介。彼岸花、とも言われる」

雷火と彼岸花。似合いすぎる。

高原と永和は「俺たちどうしていいか分からないほど滾っている」と両手で頭を抱えた。


祖母と火嵐は「ゲームで勝負！」らしく、茶の間で仲良く遊んでいる。

啓介は自分の部屋に戻り、休憩するために布団を敷いている雷火を見て、「慣れたもんだな」と呟いた。

ジャンケンで負けた雷火が、今日の布団敷き係だ。

そもそも今夜は店がないから、本当に、休むだけの布団敷き。

神様の恰好でなく、普段着に戻ったのは賢明だ。あの神々しい姿で布団なんて敷かれたら笑ってしまう。

「なんで俺が……世話係の分まで布団を……」

「神様なのにジャンケンで負けるなんてびっくりだ」

「慢心していただけだ！　もう一度やれば、かならず俺が勝つ！」

「まあ、いいじゃないか、あんたが好きな俺が勝ったんだから」

啓介は敷いてもらった布団に寝転がって笑う。

「それを言うなら、俺を好いてるお前が布団を敷け」

雷火も、隣に敷いた布団に寝転んだ。

昼間は汗ばむほどの陽気でも、まだ夜はひやりとする。風邪を引かないようにしないと。

「啓介、俺の世話をしたくないか？」

「はい？」

「お前を抱いて寝たい。抱きまくらと言うものだ。俺も欲しい」

最初はびっくりしたが、すぐに笑顔で「嫌だ」と言った。

「なぜ！」

「だって俺が苦しいだろ？　何かを抱き締めたいなら、座布団を抱き締めろ」

「俺の世話係なのに……」

「あんたが勝手に言ってるだけだろ？　まあ、世話はしてやってるけど！」

「啓介は俺のことが好きだからな！」

一児の父のくせにいつも子供のようなことを言って戯れる。

いい加減、俺を好きだと言えばいいのにと啓介は思う。

今でも充分かもしれないが、でも、神様に好かれるなんて最高だと思う。

禁欲解禁と言って迫ってくるのは、自分を世話係扱いしなければ、別に、そこまでいやではない。違う。むしろ気持ちのいいことは好きだ。

相手が男というよりは、神様なので、そこに関しては気にしない。というか、気にする間もなくアレコレされたので、その件に関しては少し麻痺（まひ）しているかもしれない。

祖母に「お前が神様に奉納される日が来るなんてねえ」と感慨深く言われて、何のことだととぼけたことがあるが、祖母は見える人なので、啓介の体に神様が触れた印を見たのだろう。

永和や高原も、薄々感づいている。

啓介の相手が人間の男の場合は「お前はその道を進むのか。そうか、頑張れ応援する」となっただろうが、相手が神様なので「まあ、一緒にいるしな。何せ神様だし」で、問題のすべてが勝手に解決されていく。

「……でも俺は、愛だの恋だの語りたい。恋人同士になりたい。恋人が欲しい」

世話係とか、神と信者とか、そういうものでなく。

「恋人が欲しい？　俺が傍にいてなんの不満があるんだ？　素晴らしいだろう？　俺は。白狐だし美しいいし、尻尾だってモフモフだ。ほら、こんな素晴らしい神が傍にいるんだから、余計なものは欲しがらなくていい」

神様というのは、きっとある意味鈍感なのだ。そうだとも、敏感であったら、すべての人の願いを叶えねばと頑張って過労死してしまう。

「デリカシーがない」

「そんなことはどうでもいいから、早くこっちにこい」

それだけで済まないだろうがよ、あんたは！

夢の中での戯れなら、何をどう汚しても夢だから構わないが、汚したら洗うのは啓介だ。現実なのだから。

「いやだ。俺は寝る。あんたの戯れにも乗らない」

「ならば俺がそっちに行く」

雷火が啓介の布団に転がって、啓介をぎゅっと抱き締めた。

「息子は毎日修行しているのに、父親はエロ狐だ」

「勝手に言っていろ。俺は啓介でなければこんなことはしない」

「だったら好きだって言えよ。神様はプロポーズとか得意だろ？」

啓介の体を抱き締める雷火の腕の力が強くなった。

「啓介は俺にプロポーズをされたかったのか！　俺と正式に契りを交わしたいと。そうかそうか。そこまで考えているのか。嬉しいぞ、啓介」

「いやいやいや、もっとこう、素直に考えろって。俺は…………、あっ、人が話をしてるのに、手ぇ、突っ込むな……っ」

ズボンのボタンとファスナーを下ろされ、中に手を突っ込まれる。

「今日はすぐにお前の体液を飲みたい気分だ。いいだろう？　最初に気をやっておけ」

「あっ、そんな、あ、やだ……っ、だめだって」

雷火が体を下にずらしながら、啓介のズボンと下着をゆっくり下ろしていく。

「ああ、いい香りだ」

下半身を剥き出しにされ、足を大きく開かれる。雷火はそこにためらいもなく顔を寄せた。

「脱がされているだけでもうこんな立派になってる。ほら、もっと硬くなれ」

「はっ、ぁあ、あっ、や……っ、そこ、俺、弱いんだって……っ」

陰嚢をそっと揉みながら、裏筋に舌を這わされる。

この、大きく足を広げて股間を愛撫される体勢は、何度されても慣れない。しかも今はまだ昼間だ。窓の外はまだ明るい。

「ひっ、んんっ、あ、あぁっ、雷火、そんなっ、先っぽばっかり弄られたら、俺辛いっ」

鈴口に舌を差し込まれる刺激で、はしたなく腰が浮く。けれどそれだけじゃ射精できない。

「は、あっ、あ、んんっ、だめ、だめだ……っそれ、だめっ」

いいのに達せないのは、雷火が焦らしているからだ。

散々焦らして善がらせてから気をやると、とても旨い味になるのだと言った。やっぱり自分で言ってるだけあって雷火はドSだ。

くちゅくちゅといやらしい音が股間から響いて、その音に興奮する自分がいる。こんな音を立ててまで責め立てられて、雷火に見られながら射精しそうになる。

「あっ、早い、俺、こんな早く射精、するなんて……っ」

「構わない。俺の口にたっぷりと出せ」

高子を追い返した時は、あんなにも輝いて美しかったお狐様が、今は啓介の股間に顔を埋めていやらしい音を立てている。

そのギャップに興奮した。

「あ、出る。出るよ、雷火、俺も、出る……っ！」

射精したあとに思いきり強く吸われて、激しい快感に体が震えた。

「旨いぞ。お前は最高だ。絶対に離さない。分かったな？　生涯俺の世話をしろ。離れたら許さない」

雷火が体を起こして、啓介を見下ろす。

「あんたさ、その言葉の意味分かる?」

「ん?」

雷火の狐耳がピコピコと動いた。

「あんた、なあ、俺のことを信じられないくらい好きなんだよ。分かれよ」

「……それはお前だ。俺をどこまでも好いているから、どんな恥ずかしいこともしてくれるんだろう?」

互いの体を指先で愛撫しながらの会話なのに、これだ。ムードがない。

「どうしても言わないつもりかよ」

「さて、なんのことだ?」

「人間はあんたと違って寿命がある。俺が死ぬ前に言っておけばよかったと後悔するんじゃないか?」

雷火の耳が急にぺたりと凹んだ。だが彼は強気で「そんなことない」と言う。

素直じゃない。神様、とっても素直じゃない。

「お前こそ、俺に心も体も奉納されているくせに、大事なことを言わないとは何事だ? 言ってしまえばいい。俺はすべてを聞いてやる」

そんな優しい声で言われても、だめなんだから。

啓介は目尻を赤く染めてそっぽを向き、「これからだ、これから。今はまだ勢いだけって感じがする」と言った。

「ならば俺も、これからだ。お前が心のうちを明け渡すまでは、体を可愛がろう」

「なんだよ、その、エロ発言。体って」

「嫌か？」

「……悔しいことに、嫌じゃねえよ。馬鹿。エロ狐。ずっとここにいろよ神様」

告白なんてまだまだ先の話だろう。

だが啓介は、雷火に絶対「愛してる」と言わせようと決意した。

やっぱり神様には愛を知ってほしいのだ。特に、モフモフで癒してくれる神様には。

啓介は雷火の頭を両手でヨシヨシする。

とても優しく、心を込めて。

「やめろ」

雷火が顔を赤くして、照れてキスをしてくるまでずっと。

あとがき

はじめまして&こんにちは。高月まつりです。

今回はモフモフ&ご飯のお話を書かせていただきました。

お狐様、めっちゃ楽しかったです!

子持ちの神様が親ばかだったり、妙に自信たっぷりだったりのシーンは、書いていてニヤニヤしてしまいました。

それに子狐の火嵐ちゃんが、結構可愛く書けたのではないかと思っています。

受けの啓介はちょっとバイオレンスだけど、神様である雷火のハートと胃袋をしっかり掴んでくれたかなーと(笑)。

雷火と啓介の意地っ張りなところも、書いてて楽しかったです。

そして豪華な神様たち。

全員麗しい女神様として書かせていただきました。食べものに関わる神様なので、今回の舞台も食堂になったのです。

地元のお稲荷様から神様の名前を三柱、お借りしました。私の好きな神様も一柱、名前をお借りしました。

実は原稿が終わったあとに一度お参りに行っているのですが、読者の皆さんがここを読んでいる時にはもう、「無事発行されました」とお礼のお参りに行っているはずです。

去年から寺社に縁付いたというか、いろいろな神社仏閣にお参りするようになりました。

ちょっと足腰に自信がついたせいか、体力作りのウォーキングもかねての寺社巡りもボチボチとしております。

いきなり長距離歩くと、ストレッチしてても腰や膝が痛くなっちゃうので少しずつね。

歩いていると「東京ってこんなにアップダウンが激しかったのか」と再確認してしまいます。

時代劇で、「三ノ輪から明神下まで歩いてきた」とか聞くと、無理だわあの距離歩けないわとか真顔で首を左右に振ったりします（笑）。

昔の人は健脚だったなとしみじみ思いながら、自分はカフェで一休みしたり。

そうそう、歩きついでに雰囲気のある、もしくは雰囲気ありすぎっていうカフェにもドキドキしながら入ります。これがまた楽しい。

楽しいと言えば、なんでも形から入るのが大好きな私は、ウォーキングシューズを選ぶのも楽しかったです。

自分の足にしっくりくるシューズを探すまで、年甲斐もなくお姫様気分というかなんというか。ようやく発見できた時は「私に出会うためにずっとそこにいたのか！　許す！　在庫を切らすな！」と心の中で尊大になり、とりあえず複数買いしました。

バストとウエストで体に密着できるリュックに、雨が降っても平気な耐水性の上着と歩きやすいパンツ、そしてウォーキングシューズ。まだまだ真新しさが抜けなくて、歩いていると「最近始めた人」感が半端ないです。ちょっと恥ずかしいけど、でも歩いちゃう。

啓介なら歩かずに走りそうです。モフモフ様も人間の姿で伴走してくれそうです。

イラストを描いてくださった明神翼先生、本当にありがとうございました！　もうラフの時点から火嵐が可愛すぎてたまりませんでした！　そしてモフモフ雷火様の狐耳と長髪が最高です！　啓介も男らしいのに可愛い。本当にありがとうございました。モフモフ。

それでは、また次回作でもお会いできれば幸いです。

最後まで読んでくださってありがとうございました。

もっふもふー
とっても楽しかったです！
萌えまくりました――
ありがとうございました――

ヒミツは子供が寝たあとで❤
髙月まつり
Matsuri Kouzuki
ill. 明神 翼
Tsubasa Myohjin
勝手に俺を見初めて
嫁にするな!!!!

著 髙月まつり Matsuri Kouzuki
絵 明神 翼 Tsubasa Myohjin
お狐さまと強気な花嫁
okitsunesama to tsuyokina hanayome
お狐様の花嫁候補!?
「お前は俺に生涯奉仕してればいい。他のオスとは繋がるな」
『何でも屋』の理宇は、蔵の整理中に壺から出てきた九尾の狐・山吹に「嫁になれ」と突然求愛される。恋人未満の俳優・結弦と不毛な関係を続けていた理宇は、俺様だけど自分を見てくれる山吹に絆されていく。そんな時、山吹が芸能界にスカウトされて――!?

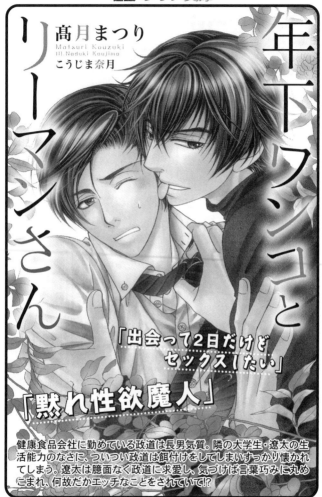

DB ダリア文庫

✱大好評発売中✱

ダリア文庫

大学生の優耶は、親友の政司からよく「俺の嫁になれ」と冗談を言われる。聞き流しているが、実は優耶は本気なのでタチが悪いと思う毎日。そんな中、遺産絡みで訪れた離島で酔った政司に襲われてしまい、押し殺していた気持ちが暴かれそうになり——!?

✱大好評発売中✱

初出一覧

俺サマ白狐のお気に入り♥…………………… 書き下ろし
あとがき…………………………………………… 書き下ろし

ダリア文庫をお買い上げいただきましてありがとうございます。
この本を読んでのご意見・ご感想・ファンレターをお待ちしております。

〒170-0013　東京都豊島区東池袋3-22-17　東池袋セントラルプレイス5F
(株)フロンティアワークス　ダリア編集部
感想係、または「髙月まつり先生」「明神 翼先生」係

この本のアンケートはコチラ!

http://www.fwinc.jp/daria/enq/
※アクセスの際にはパケット通信料が発生致します。

俺サマ白狐のお気に入り♥

2018年4月20日　第一刷発行

著　者 ――――――――
髙月まつり

発行者 ――――――――
辻 政英

発行所 ――――――――
株式会社フロンティアワークス
〒170-0013 東京都豊島区東池袋3-22-17
東池袋セントラルプレイス5F
営業　TEL 03-5957-1030
編集　TEL 03-5957-1044
http://www.fwinc.jp/daria/

印刷所 ――――――――
中央精版印刷株式会社